LES
COLOMBES
DU
Roi-Soleil

ANNE-MARIE DESPLAT-DUC

LES
COLOMBES
DU
Roi-Soleil

RETROUVAILLES À VERSAILLES

Flammarion Jeunesse

© Flammarion, 2015
© Flammarion pour la présente édition, 2017
87, quai Panhard-et-Levassor – 75647 Paris cedex 13
ISBN : 978-2-0813-9433-9

1re Partie

CHARLOTTE

1

Après tous les tourments que j'avais subis, j'avais cru pouvoir vivre quelques moments de bonheur et de calme avec François, mais le destin en décida autrement.

Je n'avais guère apprécié que Marguerite de Caylus ait sauvé François des galères alors que je m'étais embarquée pour le Siam dans l'espérance de revenir riche et d'acheter sa libération. Certes, elle lui avait évité la chaîne[1], mais je demeurais persuadée qu'elle n'avait point agi par pure bonté, mais parce que François avait su lui plaire... Je n'étais point totalement convaincue que, de son côté, il n'ait pas succombé aux

---

1. C'est ainsi que l'on appelait les galériens, car une lourde chaîne entravait leurs pieds pour les empêcher de s'évader lorsqu'ils quittaient la prison pour se rendre dans les ports où ils embarquaient sur des galères.

charmes d'une dame de qualité si proche de la famille royale.

Je me reprochais cette ignoble jalousie qui me déchirait les entrailles et je tâchais de faire bonne figure en ne laissant rien paraître de mon trouble. Mes soupçons étaient probablement sans fondement.

Sur les conseils de Marguerite, François et moi partîmes donc pour le Vivarais[1]. Il était préférable que François, condamné aux galères à cause de sa religion, se fasse oublier. Mon sort n'était guère plus enviable puisque, ancienne huguenote convertie, j'avais fui Saint-Cyr, la maison d'éducation qui devait me transformer en bonne catholique. Versailles n'était plus pour nous. Cela ne me mettait point en peine. J'aspirais à une vie sereine avec celui que j'aimais. Loin des tumultes de la cour il m'appartiendrait de le reconquérir. Et puis, j'espérais, en Vivarais, obtenir des nouvelles de ma mère, de ma sœur Héloïse, et de mon frère Simon, qui avaient disparu.

Je me faisais une joie de ce voyage durant lequel j'allais apprendre à mieux connaître l'homme qui deviendrait mon époux. Car, à dire vrai, je le connaissais peu. Enfant, j'avais admiré sa détermina-

---

1. Le Vivarais est une ancienne province disparue qui correspond au département de l'Ardèche.

tion à vouloir demeurer fidèle à la religion réformée, et la déclaration d'amour qu'il m'avait faite avant de quitter notre demeure m'avait chaviré le cœur. Elle m'avait permis de passer ces longues années à Saint-Cyr avec le doux sentiment d'être aimée.

Le voyage ne m'apporta aucun apaisement. François était attentionné, mais pas plus, me sembla-t-il, que s'il avait accompagné une cousine ou une amie lointaine.

Pourtant, le jour béni de nos retrouvailles, il m'avait baisée sur le front, ses bras m'avaient enserrée avec chaleur et il avait murmuré cette phrase qui m'avait si fort émue : « C'est vous que j'aime, Charlotte. »

M'avait-il joué la comédie ? Et dans quel but ? Non, non, c'était impossible. François m'aimait comme je l'aimais. La prison, les privations, l'éloignement de moi l'avaient rendu plus distant. Il avait sans doute besoin de temps pour que ses sentiments renaissent, à moins, tout simplement, qu'il ne craigne de froisser ma pudeur en les affichant.

Parfois, il osait frôler ma main ou effleurer ma taille et cela suffisait à ôter mes doutes.

Dans la diligence, François tâchait de se mêler aux conversations des autres voyageurs lorsqu'il s'agissait de banalités sur le climat, ou de récits relatifs aux villes ou villages que nous traversions. Il se risqua même à narrer quelques anecdotes survenues à Versailles, prouvant ainsi qu'il avait ses entrées à la cour, ce qui aussitôt le plaça sur une sorte de piédestal. Il avait annoncé que j'étais sa sœur et que nous nous rendions au chevet de notre père gravement malade. Cette menterie m'avait quelque peu fâchée. Pourquoi n'avoir point dit que nous étions fiancés et que nous regagnions notre province afin de nous y marier ?

Lors de la première halte, je lui en fis le reproche :

— C'est pour éviter les plaisanteries que les messieurs voyageant avec nous ne manqueraient point de faire, m'avait-il expliqué.

— Croyez-vous ?

— Las, ma mie, vous seriez une proie toute trouvée pour divertir ces rustres !

Il m'avait donné du « ma mie » et cela fit mon bonheur durant quelques jours.

Les premiers soirs, il fit monter le repas dans la modeste chambre qu'il m'offrait avec les deniers remis par Marguerite. Lui, par mesure d'économie, partageait la chambre d'autres voyageurs.

Il me posa mille questions sur ma vie à Saint-Cyr : Comment avais-je pu survivre à l'enfermement ? Comment m'étais-je échappée ? Qu'avais-je pensé de la vie à la cour ? Je dus lui conter par le menu mon voyage jusqu'au Siam, ma rencontre avec le roi Somdet Phra Naraï...

Ce furent des instants intenses puisqu'il s'intéressait à moi.

À mon tour, je l'interrogeai sur son existence en prison, sa libération, sa vie avec Marguerite. Il n'était guère loquace et détournait immédiatement la conversation en me posant de nouvelles questions. Les hommes, il est vrai, ne sont point bavards.

J'avais espéré des moments de tendresse, de douceur, et quelques caresses qui ne m'auraient point effarouchée. Mais, après les premières soirées passées ensemble, il préféra descendre dans la salle enfumée et bruyante pour manger et boire avec d'autres voyageurs.

— J'ai besoin de me changer les idées, m'affirmat-il.

Certains soirs, il demeurait assis sur une chaise, la tête entre les mains, enfermé dans le mutisme, et lorsque je m'en inquiétais, il me répondait :

— Il me faut réfléchir.

J'aurais préféré qu'il se confie à moi, mais je l'excusais, pensant que les souffrances qu'il avait endurées en prison, son angoisse des galères, et la peur de m'avoir perdue expliquaient ses sautes d'humeur.

Notre voyage fut long. Nous empruntions des diligences qui reliaient les grandes villes entre elles en passant par des villages où certains voyageurs montaient quand d'autres en descendaient. Le pécule offert par Marguerite ne nous permettait point d'être exigeants. Je me satisfaisais souvent de la plus mauvaise chambre et parfois, même, François acceptait de dormir dans la paille de l'écurie tandis que je partageais une chambre avec plusieurs autres voyageuses.

Que le Vivarais était loin !

J'avais hâte de revoir ma province. Pourtant, plus nous approchions, plus l'angoisse m'étreignait. J'avais peur de ne rien retrouver de mon enfance, ni les lieux où j'avais grandi, ni les êtres que j'aimais. Les dames de Saint-Cyr m'avaient élevée dans la religion catholique, rayant de ma vie mon passé de huguenote, mais la religion de mon père était toujours dans mon cœur. En approchant de mon Vivarais, tout mon être se réveillait à la foi huguenote. Je voulais revoir le temple de mon enfance, entendre les psaumes et les chanter à pleins poumons.

Je fis part de mon impatience à François qui se troubla et me rétorqua :

— Ah, ma mie, je ne sais plus que penser... et j'avoue que j'oscille entre ma religion de naissance et celle que j'ai appris à connaître avec Mme de Caylus...

Stupéfaite, je bredouillai :

— Vous... vous oscillez ?

— Oui. Nous nous sommes peut-être trompés en nous opiniâtrant à demeurer huguenots... La vraie religion, n'est-ce point celle de notre roi bien-aimé ?

S'apercevant de mon étonnement, François me saisit la main et reprit :

— Oubliez ce que je viens de dire. Ce que j'ai vécu m'a à ce point perturbé que, parfois, ma raison défaille.

Je lui serrai tendrement le bras et, cachant au mieux la peine que ses propos m'occasionnaient, je lui dis :

— À présent que nous sommes réunis, vous allez pouvoir vous reprendre et, ensemble, nous oublierons ce que l'on nous a obligés à vivre. L'air de notre Vivarais vous aidera à recouvrer vos esprits.

— Certainement, murmura-t-il.

2

Lorsque nous arrivâmes dans la ville du Puy, nous fûmes contraints de louer un cheval. Aucune diligence n'effectuait le trajet jusqu'à la demeure de mes parents. Considérant la modeste somme qui nous restait, l'aubergiste nous attribua un affreux canasson.

François essaya d'obtenir une autre monture, mais l'homme nous expliqua :

— Faut pas être difficile... Les bons chevaux se paient cher et vous n'avez point d'argent. Celui-là est un peu fatigué... mais si vous le ménagez, il peut encore parcourir des centaines de lieues... Vous allez loin ?

J'étais si heureuse de retourner chez moi que je répondis un peu vitement :

— En Vivarais.

— Holà, ce n'est pas un endroit fréquentable...
ceux de la RPR[1] mènent la vie dure à nos pauvres
curés ! Ils n'hésitent pas à les assassiner et...

Il arrêta son discours, nous dévisagea avec insis-
tance et poursuivit :

— J'espère que vous n'en êtes point... je ne voudrais pas être coupable de venir en aide à cette...
cette racaille...

— Rassurez-vous, nous sommes catholiques,
affirma François avec une véhémence qui me cho-
qua. D'ailleurs, nous sommes venus dans votre
bonne ville pour prier la Vierge noire et obtenir sa
protection. Las, à quelques lieues de là, en pleine
forêt, des malandrins nous ont volé nos effets et
même nos montures. C'est pourquoi nous louons
un cheval afin de regagner nos terres.

— À coup sûr, il s'agit encore d'un mauvais
coup de ces parpaillots[2].

— Ces gens-là ne respectent rien ni personne,
déclara François.

L'aubergiste lui décocha un souris de connivence. Je rougis de honte et je tirai de la main la
capuche de ma mante pour cacher mon visage.

Je savais que François avait agi au mieux pour
obtenir un cheval, mais je lui en voulais d'avoir sali
la réputation de notre religion.

---

1. Religion Prétendue Réformée (protestants, huguenots).
2. Nom péjoratif donné aux huguenots par les catholiques.

Nous chevauchâmes huit jours sur des sentes escarpées, bordées de précipices. La pluie nous trempa, la bise aigre des plateaux nous glaça. La nuit venue, nous faisions parfois halte, joie suprême, dans une auberge où nous mangions une assiette de soupe chaude avant de nous effondrer sur une paillasse pleine de vermine. Mais la plupart du temps, nous dormions dans une grange, une hutte de pierres ou de branchages délaissée par un berger, ou même au pied d'un arbre. Mes vêtements n'avaient plus ni forme ni couleur. Mes bas étaient troués, ma mante déchirée. Ma chevelure pendait sur mes épaules et j'étais sale à faire peur. Je ne me plaignais point. François était avec moi. Cette vie d'errance et de liberté m'était plus agréable que la confortable existence de Saint-Cyr. Il me suffisait de poser la main sur son bras, de sentir son souffle dans mon cou, pour oublier tous les tracas de ce voyage. Cependant, je craignais que mon apparence répugnante ne l'éloigne de moi. Certes, il n'était pas plus reluisant, mais sa virilité n'en souffrait point et je l'aimais tout autant, alors que ma féminité disparaissait sous la crasse. N'allait-il pas regretter les dames parfumées de la cour ?

Nous n'abordâmes jamais ce sujet de conversation durant les longues journées de voyage. D'ailleurs, nous ne parlions guère. À cheval, ce n'était point aisé, et le soir, l'épuisement nous ôtait le goût du bavardage. Je me disais que nous nous rattraperions dès que nous arriverions au terme de cet éprouvant périple.

— Demain, si tout va bien, nous serons chez vos parents, me dit François ce soir-là.

Il avait insisté pour dépenser nos dernières pistoles dans une auberge correcte. Nous y avions mangé une soupe aux choux agrémentée d'un morceau de lard gras. Ce n'était pas le genre de nourriture que j'appréciais, mais j'avais si faim que j'aurais dévoré n'importe quoi qui fût chaud et épais.

Revigorée, je dis à François :

— Ah, mon ami, ce repas est des plus agréables ! Et la perspective de pouvoir remettre un peu d'ordre dans ma tenue me remplit d'aise.

Il ébaucha un souris vite réprimé :

— Après tout ce que vous avez déjà vécu pour me sauver, je suis honteux de n'avoir point pu vous proposer un voyage plus confortable et...

— Oh, je vous en prie, cela n'a pas d'importance. Ces jours que nous vivons ensemble suffisent à me combler...

— Ah, Charlotte, vous avez une grande âme... et j'ai peur de ne pas vous mériter.

— Voyons, François, ne dites pas de bêtises.

Il soupira.

J'eus l'audace de tendre le bras au-dessus de la table pour poser ma main sur la sienne afin de lui prouver mes sentiments. Il la retira vitement et je me reprochai aussitôt d'avoir manqué de pudeur. Pourvu qu'il ne me juge pas mal !

— Veuillez m'excuser, murmurai-je en me levant. Une bonne nuit de sommeil me sera profitable et je vous remercie de me l'offrir.

Aidée d'une jeune servante, je pus délasser mon corps, me dévêtir, me laver, dépoussiérer mes jupons et ma jupe, et m'allonger enfin dans un lit.

Au matin, la servante m'aida à m'habiller et réussit même, non sans que je pousse quelques cris de douleur, à démêler mes cheveux et à les attacher par quelques liens qu'elle dénicha je ne sais où.

La joie d'être enfin si proche de ma maison d'enfance me fit oublier toute prudence et je lui confiai :

— Il faut que je sois présentable. Je vais retrouver mes parents que je n'ai pas revus depuis de nombreuses années.

Elle ne marqua aucun étonnement, mais avec la rudesse des gens habitués au malheur, elle me répondit :

— Je souhaite qu'ils soient encore en vie.

L'angoisse remplaça tout soudainement ma joie.

Et s'ils étaient morts ? Il y a si longtemps que je n'avais pas eu de nouvelles ! Certes, mon père était venu me visiter à Saint-Cyr, mais ma mère n'était pas avec lui... Et depuis, de nombreux hivers s'étaient succédé. Comme partout, la peste avait sévi, la petite vérole aussi, ou la terrible amygdalite aiguë, sans compter les fièvres... Et je n'osais même pas imaginer quels sévices Héloïse et ma mère avaient subis en refusant de se convertir. Peut-être étaient-elles mortes sous les coups des dragons ? Peut-être avaient-elles été déportées vers le Nouveau Monde ? À moins qu'elles ne croupissent en prison !

Mon bonheur venait de basculer dans l'horreur. Je frissonnais. La jeune servante s'en aperçut.

— Quelle idiote je suis ! Voilà que je vous ai tourné les sangs ! Oubliez ce que j'ai dit. Vos parents vous attendent, c'est sûr... et ils seront bien contents de retrouver une aussi belle demoiselle.

Elle ne parvint pas à me dérider.

François me félicita pour ma transformation. Je l'entendis à peine. Mon cœur battait trop fort. Je ne lui révélai pas mon inquiétude. Dans quelques heures, je serai fixée.

Les dernières lieues me séparant de la demeure familiale me firent cruellement souffrir. J'avais hâte d'arriver et je le redoutais tout autant.

Lorsque j'aperçus la bâtisse, je crus défaillir.

— Nous y voilà enfin, me souffla François.

Mon regard caressa la façade austère. Il me sembla reconnaître chaque pierre. J'étais chez moi. Je scrutais les fenêtres, espérant y apercevoir de la vie.

Nous franchîmes le cintre de pierre en partie effondré qui délimitait la cour mal pavée. Rien n'avait changé.

François sauta de cheval et m'aida à descendre.

— Vous êtes chez vous, ma mie, me dit-il.

J'esquissai un souris sans pouvoir toutefois prononcer un mot.

Soudain, la porte d'entrée s'ouvrit. Célestine parut sur le seuil. L'émotion me paralysa un moment. La vieille gouvernante de notre maison était toujours là.

— C'est y Dieu possible ! s'exclama-t-elle d'une voix chevrotante.

La vie me revint brutalement et je soulevai ma jupe et mon jupon à deux mains pour courir vers elle et me jeter dans ses bras.

Elle me serra fort en répétant :

— Charlotte, Charlotte... mais comment... ?

Les sanglots me submergèrent. J'étais à la fois heureuse de la revoir et si inquiète de savoir ce qu'elle allait m'annoncer sur ceux que j'aimais.

— Entrez, me dit-elle.

Je puisais dans mes dernières forces pour lui demander si mon père et ma mère étaient toujours de ce monde, lorsque des pas précipités dévalant le grand escalier m'en empêchèrent. Je m'éloignai un peu de Célestine, pensant voir Héloïse... ce n'était point elle. Bien que ma vue soit troublée par les larmes, je la reconnus immédiatement et je m'écriai :

— Hortense !

— Charlotte ! s'exclama-t-elle à son tour.

Nous tombâmes dans les bras l'une de l'autre, mêlant nos larmes.

— Mais... mais que faites-vous ici ? bredouillai-je après avoir recouvré un peu mes esprits.

— Je peux vous poser la même question, me taquina-t-elle.

— Ah, mon amie, c'est une bien longue histoire que je me ferai un plaisir de vous conter.

Je me retournai alors vers mon cousin et, lui prenant la main, je dis à Hortense :

— Je vous présente François, mon promis.

— Ah, je suis contente de vous savoir ensemble... c'était le vœu que vous nous aviez confié lorsque nous nous retrouvions le soir dans le dortoir de Saint-Cyr.

J'ébauchai un souris de connivence à l'évocation de notre Maison. Puis je dis à François :

— Voici mon amie Hortense. Grâce à elle et à Isabeau, Louise, Henriette, Olympe, l'enfermement a été moins pénible.

— Je suis fort aise de faire votre connaissance, mademoiselle, prononça François en s'inclinant légèrement.

— Ne restez point là, reprit Hortense, entrez vous reposer.

Je lui serrai le bras et je l'interrogeai avec inquiétude :

— Est-ce que mon père et ma mère sont...

Ma voix se brisa.

— Ils seront si heureux de vous revoir... et Simon aussi...

— Simon est là ?

— Certes, puisque j'y suis.

Ainsi ces deux-là que la flèche de Cupidon avait atteints lorsque nous avions joué *Esther*, continuaient à s'aimer[1].

— Ah, mon amie, ce jour d'hui est béni puisque je vais revoir mes parents et... Héloïse ? Il est arrivé malheur à Héloïse. Vous n'avez point prononcé son nom.

— Héloïse va parfaitement bien. Elle est mariée à un notaire suisse et huguenot, le sieur Dunoyer. Cependant, ils ne peuvent demeurer longtemps sur le sol de France. Aussi ont-ils décidé de partir pour le Nouveau Monde afin d'y pratiquer librement leur religion. Pour l'heure, ils sont à Lyon pour y régler leurs affaires.

L'air me parut soudain plus léger.

— Ainsi, nous avons toutes les trois le bonheur d'avoir le gentilhomme que nous aimons à nos

---

1. Lire *Les comédiennes de monsieur Racine*.

côtés ! Qui aurait pu nous prédire cela lorsque nous étions à Saint-Cyr ? Certainement pas Mme de Maintenon !

J'avais soudainement envie de plaisanter. Je me tournai vers François qui se tenait quelques pas derrière moi et je lançai :

— Je crois bien être la plus heureuse du monde !

— Alors, je le suis aussi.

Célestine, qui avait disparu à l'intérieur de la maison sans que nous y prêtions attention, revint vers nous et m'annonça :

— J'ai essayé de préparer vos parents... Une trop forte émotion risquait d'être préjudiciable à Mme de Marquet... Ils vous attendent dans le salon bleu...

Ces retrouvailles furent joyeuses et éprouvantes. Mère pleura beaucoup. Je pleurai aussi du bonheur de la revoir. Père réussit à contenir ses larmes, mais il était si pâle que je craignis un instant qu'il ne se trouvât mal. Nous commencions des phrases que nous ne terminions pas. Nous posions des questions qui demeuraient sans réponse. Nous riions, nous pleurions encore. Nous nous étreignions. Nous nous éloignions pour mieux nous regarder.

Je les trouvais bien vieillis... mais le temps avait passé et moi non plus je n'étais plus la fillette qui avait quitté la maison. Les épreuves m'avaient mûrie.

J'avais assez souffert et j'espérais que les jours à venir m'apporteraient enfin la sérénité.

CHAPITRE

3

À la nuit tombée, alors que nous devisions devant un feu de cheminée, nous contant encore et encore les événements que nous avions vécus, les hennissements de chevaux et les roues d'une calèche sur le sol de la cour suspendirent notre conversation. Je vis nettement mère pâlir. Père la rassura en posant une main sur son épaule.

— Héloïse et son époux, certainement.

— Mais oui ! s'écria notre mère avant d'ajouter : Je ne parviens pas à oublier les terribles dragonnades[1]... nous avons eu peur si souvent avant que je ne quitte le Vivarais avec Héloïse...

---

1. Persécutions exécutées par des militaires (les dragons) que l'on envoyait loger chez les protestants dans le but d'obtenir leur conversion au catholicisme. Lire *Charlotte, la rebelle*.

— Nous ne serons plus inquiétés, promit mon père puisque nous nous sommes convertis à la religion catholique et que Charlotte a été élevée dans la prestigieuse Maison de Saint-Cyr.

Mère soupira :

— Ah, mon ami, je voudrais partager votre assurance, mais...

La porte s'ouvrit. Héloïse entra dans le salon, tenant encore à la main sa cape de voyage. Son époux devait être occupé à dételer les chevaux.

— Tout se présente pour le mieux, lança-t-elle gaiement.

Soudain, elle m'aperçut. Interloquée, elle s'arrêta au milieu de la pièce et me fixa, les yeux exorbités comme si elle voyait un fantôme.

— Charlotte ? bredouilla-t-elle sans y croire.

Un tremblement la saisit, elle lâcha la cape, pâlit, chancela et je me précipitai vers elle pour l'entourer de mes bras.

— Charlotte ! Charlotte, répétait-elle en sanglotant.

— Ah, ma bonne Héloïse, quelle joie de vous retrouver !

— Oh, oui. J'ai cru que jamais... jamais nous ne nous reverrions... Vous dans une pension catholique à quelques lieues de Versailles, et moi en Suisse pour demeurer fidèle à notre religion... La bêtise des hommes nous a séparés... Les cieux viennent de nous réunir.

— Rien ne peut séparer ceux qui s'aiment vraiment, affirmai-je.

— Las, ma bonne amie, les océans vont se charger de le faire, reprit Héloïse. Avec M. Dunoyer, mon époux, nous embarquerons dans huit jours pour le Nouveau Monde, et...

Les larmes qui s'étaient taries revinrent noyer ses yeux.

— ... comme il a réussi à traiter toutes les affaires qui le retenaient encore en Suisse, nous partons dès demain pour le port de Bordeaux.

— Je viens d'apprendre votre mariage et je vous en félicite.

— Si ce n'était la tristesse de quitter mes parents, Simon et Hortense et à présent vous, ma bonne, je serais au comble du bonheur, car je vais pouvoir vivre ma religion avec l'homme que j'aime dans un pays ouvert aux idées nouvelles.

Elle ébaucha un souris et me dit :

— Mais je vois que vous êtes accompagnée de François pour qui vous aviez de tendres sentiments. Je vous souhaite donc d'être aussi heureuse que moi !

François qui, pendant nos émouvantes retrouvailles, avait échangé une accolade fraternelle avec Simon, content sans doute de retrouver ce cousin avec qui il avait tant d'affinités, se plaça à mon côté et nos mains se frôlèrent.

Mère qui avait gardé le silence nous dit d'une voix tremblante d'émotion :

— Ah, mes chers enfants, jamais je n'aurais pu imaginer qu'un jour nous soyons à nouveau tous réunis... Malgré nos souffrances, nos errances, nos brimades, vous avez réussi à former des couples liés par de tendres sentiments. Cela me comble d'aise. Ainsi mes deux chères filles, vous allez poursuivre votre vie en étant épaulées par deux vaillants gentilshommes. Quant à vous, mon fils, la douce Hortense qui a risqué sa vie pour vous et pour nous sera une épouse parfaite.

Mère leva les yeux vers son époux et ajouta :

— Il faudra tout de même songer à régulariser l'union de Simon et d'Hortense et celle de Charlotte et François devant un ministre de Dieu. Je ne voudrais pas que mes enfants et mes petits-enfants vivent dans le péché.

Sa remarque fut accueillie par un lourd silence et nous nous jetâmes, à la dérobée, des regards inquiets.

Dans quelle religion allions-nous nous marier ? Simon avait renoncé à sa foi huguenote afin d'obtenir une charge à la cour. Pour l'heure, il était catholique, mais avoir enlevé Hortense de la Maison royale de Saint-Cyr était une faute si grave que je doutais qu'un prêtre consentît à les marier. Et puis je craignais que mère n'accordât pas son consentement si leur union se faisait au sein de l'Église catholique. Et il me semblait impensable que la pieuse Hortense acceptât de quitter l'Église de Rome.

Pour moi, cela ne m'occasionnait aucun tracas. J'étais huguenote, Saint-Cyr et la cour ne m'avaient point fait changer d'avis.

Cependant, célébrer un mariage huguenot était des plus risqués d'autant que père, croyant protéger sa famille et ses biens, avait signé quelques années plus tôt sa renonciation à notre foi. Il était donc catholique et risquait la mort s'il était surpris à pratiquer son ancienne religion.

Comme pour ramener son épouse à la réalité, père serra la frêle épaule et proposa :

— Nous devons être prudents, ma mie... il est préférable de vivre cachés et de pratiquer en secret notre religion. Je bénirai nos enfants et cela aura la même valeur sacrée que si un pasteur les avait unis.

La décision était sage et nous l'approuvâmes tous d'un hochement de tête. Seule notre mère se plaignit :

— Las...

— Mes amis, dit François, je dois vous quitter. Il y a fort longtemps que je n'ai plus des nouvelles de mes parents et de ma sœur, Irénée. L'impatience de les revoir me taraude.

— Voilà un bon fils, remarqua mon père. Vous trouverez un cheval qui vous conduira en Dauphiné.

J'espère que ces temps troublés n'ont pas affecté votre famille. Vous serez toujours le bienvenu dans notre maison.

— Je vous remercie, monsieur.

François serra toutes les mains qui se tendaient vers lui pour un au revoir. J'espérais qu'il allait me retenir un moment contre lui ou même me donner un baiser sur le front. Sans doute retenu par son éducation, il ne le fit pas.

Je ne pouvais pas le laisser partir ainsi. Aussi, je proposai :

— Je... je vous accompagne jusqu'au perron.

Je le suivis. Il marchait d'un pas vif. Il descendit promptement les marches conduisant dans la cour, puis se retourna vers moi.

— Au revoir, Charlotte. Je suis bien aise d'avoir pu vous conduire sans encombre jusque chez vous et heureux que toute votre famille soit saine et sauve.

— J'espère qu'il en est de même pour la vôtre. Transmettez mes amitiés à votre sœur, Irénée[1].

— Je n'y manquerai pas.

Il se tut comme s'il hésitait à poursuivre et lâcha :

— Quant à vous, essayez de... de faire la part des choses. Tout n'est pas mauvais dans votre

1. Lire *Les comédiennes de monsieur Racine*.

séjour à Saint-Cyr... la vie à la cour a des avantages et... enfin, réfléchissez...

Il m'avait déjà tenu ce discours durant le voyage et, comme la première fois, mes yeux durent s'agrandir de stupéfaction.

Il m'attira alors contre lui. Je m'abandonnai. Il m'aimait. Les paroles qu'il venait de prononcer avaient dépassé sa pensée. Puis, comme s'il craignait de se laisser emporter par ses sentiments, il me repoussa doucement et me dit :

— Je vous remercie encore pour tout ce que vous avez entrepris pour me sauver.

Ce ne sont point les mots que j'avais envie d'entendre. Je voulais qu'il me dise que nous serions bientôt mariés et qu'il passerait sa vie à me chérir.

Et comme il s'éloignait en direction de l'écurie, oubliant toute pudeur, je criai :

— Je vous aime, François !

Il ne se retourna point.

4

Je ne laissai point paraître mon trouble et ma déception lors du repas du soir.

Je m'attendais à un flot de questions sur mon départ de Saint-Cyr, mon voyage au Siam, mes retrouvailles avec François, puis notre traversée de la France pour regagner le Vivarais. Il n'en fut rien.

Le récit bref, entrecoupé de rires et de pleurs, que j'avais fait en arrivant parut leur suffire.

Mère gardait un demi-souris aux lèvres, satisfaite d'avoir ses enfants près d'elle. Père, au contraire, le front barré par un pli soucieux, ne semblait pas être avec nous.

Lorsque nous fûmes tous rassemblés autour de la table, il saisit son vieux livre de psaumes, en tourna les pages, puis il posa le livre à côté de son assiette sans lire de texte.

Son hésitation me bouleversa. Peut-être craignait-il de me heurter en affichant clairement qu'il était toujours huguenot dans l'âme, alors que l'on m'avait obligée à vivre plusieurs années dans la religion catholique ?

J'essayais de croiser son regard pour qu'il comprenne que j'étais, moi aussi, toujours huguenote, mais la honte, sans doute, lui faisait baisser les yeux.

Le repas fut donc silencieux et rapide.

La dernière bouchée avalée, je saluai mes parents et, prétextant la fatigue du voyage, je regagnai la chambre qui était la mienne avant que le sieur de Bourdelle et ses dragons ne m'en chassent.

Célestine avait dû en ouvrir les croisées dans la journée, mais l'air sentait encore le renfermé. La pièce devait être close depuis mon départ.

J'étais fatiguée, mais je savais que je ne m'endormirais pas vitement.

Les souvenirs de cette terrible journée, où, dans une violence et une peur extrêmes, nos vies avaient basculé dans l'horreur, me revenaient à l'esprit. Le temps avait passé pourtant, mais lorsque je fermais les yeux, j'entendais le rire obscène des dragons, le hennissement des chevaux, les cris... j'avais dans la bouche l'odeur de la main que j'avais mordue, puis le goût de mon sang que j'avais sucé après que les ronces m'eurent déchiré la peau... J'avais acquis la certitude que le marquis de Réaumont qui se disait ami de notre famille avait lui-même dirigé les dragons dans notre demeure afin que mon père, craignant des représailles, consente à ce que je devienne sa femme. Je n'avais pas douze ans à l'époque !

Jamais, jamais je ne lui pardonnerais ce qu'il nous avait fait subir. Durant toutes ces années à Saint-Cyr, l'idée de la vengeance ne m'avait pas quittée.

Le moment n'était-il pas venu de l'assouvir ?

Comment ? Je n'en avais pas la moindre idée... mais je devais trouver.

Je gardais donc les yeux ouverts pour réfléchir et pour éviter d'être persécutée par les images du passé. La lune était pleine et éclairait la pièce. Les tentures avaient déserté les murs. Avaient-elles été volées par les soudards ou père avait-il été contraint de les vendre ?

On toqua à la porte. Hortense, pieds nus, en chemise, un bonnet de coton mal attaché sur la tête, entra.

— Je ne parviens pas à dormir, souffla-t-elle en guise d'excuse.

— Moi, non plus.

Je lui ouvris mon lit. Elle s'y glissa et me confia :

— Comme autrefois, à Saint-Cyr... Nous y avons vécu de bons moments lorsque nous avons joué

Esther et que des liens forts se sont tissés avec Louise, Isabeau, Éléonore, Gertrude et d'autres aussi.

Je me retins pour ne pas la contredire violemment. J'avais été contrainte d'entrer dans cette maison et je n'y avais pas vraiment de bons souvenirs, à part, il est vrai, la pièce que nous avions jouée. Mais je ne voulus point le lui faire remarquer.

— Il m'arrive de regretter cet heureux temps, reprit-elle. J'étais insouciante, je n'avais qu'à m'occuper de bien apprendre, de chanter à la chapelle, de manger et de dormir... maintenant, il me semble que plus jamais je ne retrouverai cette joie calme...

— Mais vous aimez Simon et il vous aime, n'est-ce pas ?

— Oh, oui, bien sûr... mais tout est si compliqué. Je ne suis pas faite pour l'aventure... Je voulais me marier, tenir ma maison, avoir des enfants... j'ai... j'ai peur de m'épuiser... de ne pas être à la hauteur et...

Elle laissa aller sa tête sur l'oreiller et son bonnet tomba.

— Hortense ! m'écriai-je, vos cheveux ! Vous avez coupé vos cheveux[1] !

Elle replaça vitement l'étoffe de coton sur sa chevelure et me dit :

1. Lire *La promesse d'Hortense*.

— Oh, ce n'est rien... ils repoussent déjà... c'était pour sauver Simon... Vous vous êtes embarquée pour le Siam afin de faire libérer François, moi j'ai seulement coupé mes cheveux pour tenter d'aider Simon.

Elle me conta par le menu son expédition en Suisse et tout ce qu'elle avait entrepris pour délivrer mon frère et ramener en France ma mère et ma sœur. J'étais interloquée et admirative aussi. À Saint-Cyr, Hortense était l'une des plus sages et des plus pieuses... Quelle force de caractère il lui avait fallu pour accomplir de si grandes choses ! Sans elle, jamais ma mère, ma sœur et mon frère ne seraient revenus en Vivarais. Je la serrai tendrement dans mes bras et nous savourâmes de concert notre complicité retrouvée.

Hortense soupira, se ressaisit vitement et m'expliqua :

— Vos parents, vous devez bien vous en douter, ont beaucoup de mal pour assurer notre subsistance. Le moulinage[1] de votre père est à l'arrêt. Les ouvriers, protestants pour la plupart, ont fui les persécutions. Les dragons ont pillé la maison de tous les objets précieux. La pauvre Célestine peine à trouver de quoi nourrir huit personnes, sans compter les trois domestiques fidèles à votre famille et qui ne reçoivent plus leurs gages.

1. Bâtiment dans lequel les ouvriers tordent et filent mécaniquement le fil de soie.

— Je pensais que père avait pu sauver le moulinage puisqu'il avait signé sa conversion avant que je parte pour Saint-Cyr.

— Le départ de votre mère et de votre sœur pour la Suisse n'a point arrangé la situation... et le mariage d'Héloïse avec un avocat suisse huguenot l'a envenimée.

— Nous ne serons donc jamais en paix !

— Il me semble qu'il y a peut-être une solution et c'est vous et moi qui la détenons.

Je lui posai la question, bien que je me doutasse de la réponse :

— Laquelle ?

— Vous épousez François selon les rites de la religion catholique puisque, à présent, vous l'êtes tous les deux. C'était votre vœu le plus cher, n'est-ce pas ?

— En effet.

— Et moi j'épouse Simon qui a renoncé, lui aussi, à la religion réformée pour entrer au service de M. de Pontchartrain. Je sais bien qu'il a toujours le cœur huguenot, mais par amour pour moi, et pour que ses parents retrouvent leur rang, il acceptera cette union. Deux mariages catholiques dans la famille de Marquet permettraient sans doute à vos parents de rentrer en grâce auprès de l'évêque de Viviers et donc auprès de Sa Majesté.

— Certes.

— Vos parents ont besoin de finir leurs jours calmement. Ne partagez-vous pas mon point de vue ?

— C'est que... tous ces arrangements avec la religion me troublent profondément... il me semble trahir le Créateur en choisissant la religion qui me permet de vivre le plus aisément. N'est-ce pas une forme de faiblesse ? Ne vaut-il pas mieux lutter pour préserver ses convictions ?

Hortense réfléchit un instant et me dit :

— Je n'ai plus de courage. J'ai envie de sérénité... J'ignore où est le vrai, où est le faux... quelle est la vraie religion... Si j'ai été élevée dans la religion du roi... c'est le hasard... mais je prie Dieu simplement, avec sincérité... et il me semble que c'est ce qui est important.

— Vous êtes sage, Hortense... vous l'avez toujours été... Je voudrais vous ressembler...

Elle me piqua un baiser sur la joue et murmura :

— Non, c'est moi qui aimerais vous ressembler...

Nous rîmes d'un petit rire forcé, conscientes de nos différences, mais heureuses aussi de savoir qu'elles ne nous sépareraient point.

Je n'osai pas l'informer de cette vengeance qui m'était revenue avec tant de violence à l'esprit lorsque j'arrivai dans la maison.

CHAPITRE

5

Après qu'Hortense eut regagné sa chambre, la fatigue et les émotions eurent raison de moi et je sombrai dans un sommeil lourd et agité.

Des bruits venant de l'extérieur me réveillèrent en sursaut et mon esprit en détresse me souffla : « Les dragons ! » Ils sont là, dans la cour, pour piller, violer, massacrer ! Bourdelle est à leur tête... il vient pour m'enlever, me séquestrer et m'épouser. Mon cœur se mit à battre violemment et je me levai d'un bond. Pieds nus, je courus à la fenêtre pour savoir combien ils étaient tout en réfléchissant à la meilleure cachette...

Ce n'était point les dragons, mais une voiture que l'on chargeait de malles.

Je soupirai de soulagement.

Puis me souvenant brutalement qu'il s'agissait du départ d'Héloïse, je saisis les jupons, la jupe et le bustier que je portais la veille et, sans pouvoir lacer mon corps, j'enfilai ces habits sur ma chemise, passai mes bas sans me soucier des plis qu'ils faisaient, et les cheveux en bataille, je courus jusqu'à la chambre de ma sœur.

Elle était déjà vêtue d'une tenue de voyage simple et ajustait un chapeau de feutre sur ses boucles.

— Héloïse, m'exclamai-je, vous partez déjà ? Pourquoi ne m'avoir pas réveillée ? J'avais tant de choses à vous dire !

— Vous aviez besoin de dormir, vous étiez si fatiguée !

Les larmes montèrent à mes paupières et je balbutiai :

— Que m'importe la fatigue, alors que vous partez et que nous ne nous reverrons plus... Je voulais savoir... tout savoir... Je voulais vous dire que...

Ma sœur me serra contre elle et ajouta :

— Je souhaitais éviter que l'émotion nous ôte notre courage...

— C'est... c'est raté...

— Non point. Nous allons nous ressaisir et nous montrer fortes. Nous devons soutenir mère et père qui ont déjà tellement souffert.

Héloïse ne pleurait pas. Elle était calme... comme si elle partait pour la ville voisine. J'eus honte de ma faiblesse. Je reniflai, puis je m'essuyai les yeux du revers de ma manche et, me redressant, j'assurai :

— Vous avez raison.

— Je suis heureuse, Charlotte, heureuse de partir avec l'homme que j'aime pour pratiquer ma religion au grand jour dans un pays nouveau. Là-bas, tout est à construire et à peupler. Je suis fière d'apporter ma contribution. Il ne faut donc point que vous en soyez malheureuse. Certes, j'aurais préféré que nous vivions tous ici en Vivarais... mais l'Éternel en a décidé autrement... Il faut accepter.

— Ah, ma chère Héloïse, lorsque je vous vois aussi déterminée, je ne reconnais plus la sœur maladive que vous étiez lorsque j'ai quitté la maison.

Elle sourit.

— Moi-même, je ne me reconnais pas... les épreuves ont au moins servi à m'aguerrir. J'ai même l'étrange impression que plus rien ne peut m'atteindre.

— N'est-ce point grâce à M. Dunoyer ?

— Oh, si... il est si... si gentil, si prévenant, si...

À cet instant précis, M. Dunoyer entra dans la pièce. Héloïse rougit comme une enfant prise en faute.

— Ne nous mettons point en retard, ma mie. La route sera longue jusqu'à Bordeaux et il ne s'agirait point de manquer le départ du bateau !

— Je disais au revoir à Charlotte.

— Au revoir est le juste mot. Cette nuit, il m'est venu une idée. Pourquoi ne viendriez-vous pas nous rejoindre lorsque votre union avec François sera célébrée ? Je peux, sans difficultés, vous obtenir les papiers nécessaires au voyage et même vous offrir la traversée. Ainsi, comme nous, vous serez libre de pratiquer notre religion.

— Oh, Eugène ! Quelle bonne idée ! admit Héloïse.

J'aurais dû, moi aussi, applaudir cette proposition. Quelque chose d'indéfinissable m'empêcha de partager la joie de ma sœur. Je ne me l'expliquai point et, pour ne pas les fâcher, je m'appliquai à bien mentir :

— Je vous remercie, monsieur. J'en parlerai à François.

— J'ai fait la même proposition à Simon. Il va en discuter avec Hortense et vos parents, mais je suis certain qu'ils prendront la bonne décision. Las, dans notre époque troublée, puisque le roi de France, qu'au demeurant je vénère, est aveuglé par de bien mauvais conseillers, la fuite vers un pays neuf est la meilleure solution.

À cet instant, Hortense et Simon pénétrèrent à leur tour dans la pièce.

— Nous parlions de vous ! lança Héloïse d'un ton joyeux. Eugène vient de m'annoncer que vous étudiez, vous aussi, la possibilité de venir vous installer à Québec.

— En effet.

— Et comme il se peut que Charlotte et François fassent également ce choix, nous serions réunis ! Il ne restera plus qu'à convaincre nos parents de venir eux aussi ! Ainsi nous laisserions tous nos ennuis sur le sol de France pour recommencer une nouvelle et belle vie.

Ni Simon, ni Hortense, ni moi ne firent écho à cet enthousiasme. Ce bonheur nous paraissait sans doute trop idyllique, mais il aurait été malvenu de le faire remarquer à Héloïse qui avait besoin de toutes ses forces.

Elle s'éloigna au bras de son époux pour aller faire leurs adieux à nos parents. Nous les suivîmes.

Les sanglots de notre mère nous déchirèrent le cœur. Père se montra digne. Il entoura son épouse de son mieux. Héloïse essayait de garder un faible souris sur ses lèvres pâles afin de ne point flancher.

Nous les accompagnâmes à leur calèche. Nous nous embrassâmes encore et encore. Nous nous fîmes mille recommandations, mille promesses. Père multiplia les bénédictions, mère ne se lassait pas de caresser le visage de sa fille comme si elle voulait en garder pour toujours la trace dans ses mains.

Enfin M. Dunoyer s'installa sur le siège et fouetta le cheval.

Héloïse agita la main, se retourna et nous lança :
— À bientôt !

6

Après la joie des retrouvailles, l'ennui se fit vite sentir.

En fait, je ne me sentais plus à l'aise dans cette maison. Quelque chose de faux, de trouble me perturbait.

Ainsi le premier dimanche, je vis Hortense et Simon partir pour la messe célébrée dans la paroisse voisine. Après tout Hortense était catholique et Simon la suivait par amour. Je pouvais le comprendre. Mais ce qui m'étonna le plus fut que mes parents y allèrent aussi.

— Nous sommes obligés, m'expliqua mon père, afin de ne point subir l'assaut des dragons.

— Las, bredouilla ma mère. Avoir vécu en Suisse dans de si pénibles conditions pour demeurer fidèle à ma foi et être contrainte à cette... cette mascarade est fort éprouvant.

— Je sais le sacrifice que j'exige de vous... mais c'est la condition pour que je puisse bientôt faire fonctionner le moulinage qui assurera notre subsistance et celle de tous ces ouvriers qui ne demandent qu'à travailler pour nourrir leur famille et qui sont, pour l'instant, des traîne-misère...

Soudain, j'explosai :

— Ah, on peut dire que ce Charles Bourdelle qui se prétendait votre ami a réussi à nous mettre plus bas que terre !

Père baissa les yeux, mais ne pipa mot. Cela accentua ma colère.

— Il nous a manipulés... et il se pourrait bien qu'il revienne à la charge ! Mais je n'ai plus douze ans... et je...

— Je vous en prie, Charlotte, coupa mère d'une voix éteinte... ne remuez pas ces pénibles souvenirs. Oublions cet homme...

Par respect pour elle, je serrai les poings derrière mon dos et je me calmai. Mais oublier ? Jamais.

Je refusai de les accompagner. Père me fixa droit dans les yeux et lâcha :

— Toujours aussi fière et volontaire, n'est-ce pas ?

Je hochai la tête sans répondre.

— Espérons que nous n'ayons point à le payer trop cher, marmonna-t-il.

Cette phrase me trotta dans la tête les deux heures que dura leur absence. Que mes parents aient à souffrir de ma rébellion m'était intolérable. Je n'étais pas revenue pour qu'ils soient pénalisés mais parce que je comptais trouver dans ma maison d'enfance une protection et du réconfort.

Il me parut que je n'avais aucun des deux.

Certes, j'étais heureuse de revoir ma douce mère, mon père, mon frère, mais qu'avions-nous, à présent, en commun à part les tendres souvenirs de notre enfance ? Ils réussissaient à s'adapter, à courber l'échine, à faire semblant. Je m'en sentais incapable. Saint-Cyr n'avait point réussi à me dompter et n'avait point réussi non plus à faire de moi une catholique...

Alors ?

Le mieux ne serait-il pas de partir pour le Nouveau Monde avec François ?

J'espérais qu'après avoir passé quelques jours avec sa famille, il me ferait appeler près de lui, à moins qu'il ne revienne vitement me demander en mariage à mon père. J'étais certaine que mon absence de dot ne serait pas un obstacle. Je m'étais promise à lui dans le secret de mon cœur et, par le passé, il m'avait prouvé ses sentiments. Eugène Dunoyer nous aiderait à nous établir et, loin de la France où je ne savais plus où était ma place, la vie retrouverait toute sa saveur.

Mais partir avant d'avoir fait payer à Bourdelle le mal qu'il avait causé à notre famille me parut contraire à mes vœux. Je devais mettre François dans la confidence. Il m'aiderait à accomplir ma vengeance.

Après seulement, nous embarquerions pour le Nouveau Monde.

Je venais de faire un choix, j'attendis donc le retour de mes parents assez sereinement.

Dès qu'ils pénétrèrent dans la pièce où je trompais mon ennui, un livre à la main, je compris qu'un grave événement avait eu lieu. Mère, blanche et tremblante, était soutenue par Hortense et Simon. Père fulminait :

— Ils sont fous ! Tous ! Ils répondent à la violence par la violence ! Cela ne cessera donc jamais !

— Que s'est-il passé ? demandai-je.

— L'abbé François Langlade du Chayla a été assassiné, m'annonça Simon.

— Mais pourquoi ?

— Cet abbé est aux ordres du marquis Nicolas de Lamoignon de Bâville[1], intendant du Languedoc, chargé par Sa Majesté de supprimer tous les huguenots de France. Il venait d'emprisonner et de torturer plusieurs garçons de notre religion. Aussi,

1. Nicolas de Lamoignon de Bâville (1648-1724). Il est nommé intendant du Languedoc en 1685.

une soixantaine des nôtres sont venus au Pont-de-Montvert où on les tenait enfermés afin d'obtenir leur libération. Au départ, l'expédition devait être pacifique... mais Chayla refusa de discuter. Les nôtres enfoncèrent alors la porte pour délivrer les prisonniers, puis, emportés par je ne sais quelle rage, ils mirent le feu à la maison.

Père s'arrêta au milieu de son récit pour se passer une main nerveuse sur le visage avant de poursuivre :

— L'abbé tenta de s'enfuir par une fenêtre... ils l'ont abattu.

— Cela ne finira donc jamais, sanglota mère... les catholiques harcèlent ceux de notre religion... et les huguenots ripostent, brûlent, pillent, tuent à leur tour... cette escalade dans la violence est... est intolérable... et si triste.

— Ce qui est à craindre, c'est que Bâville ne devienne plus exigeant et qu'il n'ordonne à de Broglie, commandant des troupes royales du Languedoc, de réprimer avec plus de force tous les actes de rébellion, expliqua père.

— C'est ce que je viens de dire, gémit mère... encore plus de violence, encore plus de morts... mais quand aurons-nous la paix ? Nous ne demandons pourtant qu'à vivre simplement dans la paix du Seigneur.

— Allez vous reposer dans votre chambre, ma mie. Célestine vous montera un bouillon chaud.

— Je vous accompagne, proposa Hortense.

— Je me retire aussi quelques instants afin de me calmer. Toutes ces... ces affaires me mettent les nerfs à vif... nous dit notre père avant de quitter la pièce à son tour.

Dès que la porte se fut refermée, Simon précisa :

— C'est Jean Cavalier[1] et ses compagnons qui sont à l'origine de ces représailles. Ils sont courageux et déterminés. Ils veulent rendre coup pour coup afin que la religion réformée ait le droit d'exister. Leur groupe grandit de jour en jour... Espérandieu qui est un ami d'enfance les a rejoints. Il y a aussi la troupe de Mazel et de Rolland... Ils sont à présent plusieurs centaines à œuvrer pour défendre leur liberté de culte.

Un silence suivit. Je n'arrivais pas à saisir la position de Simon. Était-il pour ou contre Cavalier ? Il s'approcha de moi et me saisit les mains :

— Ma situation est des plus délicates. J'aime Hortense et elle a tant fait pour moi... alors par égard pour elle, j'adopte sa religion... mais...

Nouveau silence.

— Père s'est converti pour sauver la fabrique et éviter les galères, et mère a déjà tant souffert pour la religion réformée... On peut comprendre que tous deux souhaitent un peu de sérénité pour leurs vieux jours.

---

1. Jean Cavalier (1681-1740), camisard célèbre dans les Cévennes.

Il se tut à nouveau. Cette conversation lui coûtait...

— Cavalier est un idéaliste... un pur... Je... je ne suis pas d'accord avec toutes ses actions... Mais il force mon admiration. Peut-être que si je n'étais pas épris d'Hortense, je... je le rejoindrais.

Soudain, il fit volte-face et, me tournant le dos, il quitta la pièce comme si l'endroit était tout soudainement devenu aussi brûlant que l'enfer.

Demeurée seule, je songeai à cet homme prêt à tout pour défendre sa religion. Son courage et sa détermination m'impressionnaient. Je l'imaginais grand, bien bâti, le visage volontaire. J'aurais eu plaisir à faire sa connaissance et à lui exprimer mon admiration. Les huguenots avaient besoin d'hommes comme lui pour faire entendre leur voix. Et je pensais même que si tous ceux de notre religion avaient choisi, comme lui, la révolte et non la soumission, nous aurions pu imposer nos vœux au roi !

Une sorte d'exaltation s'empara de moi.

La nuit, je fis des rêves étranges, et curieusement, le visage de François se substituait à celui de Cavalier que je n'avais jamais vu.

CHAPITRE

7

Ce triste événement avait tant perturbé notre mère que, le lendemain, elle resta alitée. L'atmosphère de la maison était lourde.

Soudain, le galop d'un cheval m'attira à la fenêtre et mon angoisse refit surface. J'étais prête à fuir pour me cacher...

Fort heureusement, ce n'était que le courrier ordinaire. Père sortit à la rencontre du cavalier qu'il connaissait bien. C'était un des rares amis de notre famille.

Il remit deux plis à notre père qui l'invita à venir boire avec lui un verre de vin clairet.

Quelques minutes plus tard, père pénétra dans le salon où j'étais descendue pour y retrouver Hortense et Simon.

— C'est pour vous, me dit-il en me tendant l'un des plis.

— Pour moi ? m'étonnai-je.

Qui pouvait bien m'écrire ?

Mentalement, je fis rapidement le tour des personnes susceptibles de m'envoyer un courrier.

Était-ce Mme de Maintenon exigeant, après ma fuite de Saint-Cyr, le remboursement de mes années d'éducation ? Mais il me semblait qu'elle aurait envoyé ce courrier à mon père.

Était-ce Mme de Caylus qui me proposait une charge à ses côtés ?

Ou plus simplement était-ce un billet doux de François ?

Je me retirai dans l'embrasure de la fenêtre et, la main tremblante, je fis sauter le cachet de cire dont le sceau m'était inconnu et je lus :

Chère amie,

Je ne sais si ce billet vous parviendra, mais je le souhaite vivement. Je l'adresse à vos parents en Vivarais dont vous nous avez toujours parlé avec ferveur, car sans doute, quiconque a le bonheur d'avoir été élevé dans une famille unie et aimante revient dans le lieu de son enfance.

Ce n'était pas un billet de François. Je contins ma déception. Mon regard se posa immédiatement sur la signature. Je me retournai alors vers Hortense pour lui lancer d'un ton joyeux :

— C'est une lettre de Louise !

— Louise ! Quel bonheur d'avoir de ses nouvelles !

D'un geste, je lui proposai de venir à mon côté et nous nous penchâmes toutes les deux sur le papier couvert d'une belle écriture pour lire la suite.

Le 17 avril, je vais épouser Bertrand de Prez, seigneur d'Ardrivon, maître de camp, capitaine de cavalerie et lieutenant du roi.

Mon plus grand bonheur serait d'avoir auprès de moi mes amies de Saint-Cyr. Alors, je lance des invitations, un peu au hasard, je l'avoue, en espérant qu'un grand nombre pourra nous rejoindre au château de Sauvage et partager mon bonheur. Sa Majesté a eu la grande bonté de m'offrir ce domaine, sis à quelques lieues de Versailles, où je vais bientôt résider.

À bientôt, je l'espère, ma bonne Charlotte,

Louise

— Notre amie Louise de Maisonblanche se marie ! lança Hortense. Oh, je suis si contente pour elle...

— Et il semble bien que le roi ait accepté de la reconnaître puisqu'il lui a offert un château. C'est une bonne chose. Elle a tant souffert pendant des années du secret entourant sa naissance.

Emportée par l'enthousiasme, j'ajoutai sans réfléchir :

— Accepterez-vous, père, que nous assistions à cette union ?

Il me coula un regard inquiet.

— Retourner à Versailles ? Y songez-vous vraiment ? Vous, Charlotte, vous avez quitté la Maison royale d'éducation pour sauver François, et vous, Hortense, c'est Simon qui vous a enlevée sous les yeux mêmes de Sa Majesté !

Sa semonce fut comme une gifle et je baissai la tête, penaude.

Père, agacé sans doute par ma puérilité, poursuivit :

— Mes pauvres enfants, votre manque de jugement vous a fait commettre des actes... des actes fort répréhensibles et le plus sage est de vous faire oublier...

— Vous avez raison, père, et je vous demande pardon.

Il me sourit comme s'il m'avait depuis longtemps pardonné et ajouta en nous montrant le pli qu'il venait de lire :

— Les mariages se suivent... et en attendant celui d'Hortense avec Simon et le vôtre avec François, mon cousin, le sieur de La Tour Gouvernet, nous annonce le mariage de sa fille Blanche avec le marquis de Balaruc. Voilà une alliance qui doit combler ses vœux. Les Balaruc sont l'une des plus illustres familles catholiques du Vivarais. Il nous convie à célébrer cette union qui aura lieu le 15 de ce mois.

— La dernière fois que j'ai vu Blanche, nous devions avoir six ou sept ans... dis-je. C'était en juin. Nous avions accroché des cerises à nos oreilles et mère nous avait disputées, car nous avions taché nos chemises. Ensuite, la vie nous a séparées...

— Las, regretta père, La Tour Gouvernet a préféré s'éloigner de nous qui sommes huguenots afin que notre fréquentation ne soit pas nuisible à ses intérêts.

— Et ce jour d'hui, il nous invite au mariage de sa fille ? s'indigna Simon.

— Je pense qu'il agit ainsi pour nous rendre service. Il veut prouver que si un bon catholique comme lui nous invite, c'est parce que nous sommes rentrés dans le giron de l'Église romaine.

Cette invitation se révélait être un véritable traquenard. Si nous n'y allions pas, cela signifiait que, par fierté, notre famille huguenote refusait de se rendre à un mariage catholique. L'intendant Lamoignon de Bâville en serait informé et risquait de nous envoyer ses dragons. Si nous y allions, cela mettait à mal notre orgueil et notre fierté, car c'était obéir aux ordres des catholiques... même si cet ordre venait d'un membre de notre famille...

Selon son habitude lorsqu'il était soumis à un dilemme, père se passa une main sur le front et conclut :

— Je vais réfléchir. J'en parlerai à votre mère et, demain, je vous donnerai ma réponse.

Le lendemain, mère consentit à se lever et, au bras de son époux, elle s'assit à table pour le dîner[1]. Elle était pâle et toucha à peine à la nourriture. J'avais l'impression que le moindre événement perturbant pouvait lui coûter la vie, tant elle était faible. Cela m'attrista.

À la fin du repas qui se déroula dans le silence, père nous dit :

— Nous avons pris notre décision. Votre mère et moi n'assisterons pas au mariage de Blanche... Un voyage jusqu'à Boulogne[2] par les mauvais chemins des Boutières[3] serait préjudiciable à la santé de votre mère. Cela fera une excuse parfaitement recevable. Cependant, il serait du plus mauvais effet qu'aucun membre de notre famille ne se

---

1. Au XVIIᵉ siècle, on dîne en milieu de journée et on soupe le soir. Au lever, on rompt le jeûne par le déjeuner.
2. Le château de Boulogne existe toujours sur la route entre Aubenas et Privas en Ardèche.
3. Région montagneuse du Vivarais (maintenant département de l'Ardèche).

déplace... L'idéal aurait été que ce soit Simon, notre seul fils, qui nous représente...

Père soupira avant de poursuivre :

— Las, votre conduite... avec Hortense risque de vous envoyer aux galères... il est donc plus sage de vous faire oublier, comme je vous l'ai conseillé tantôt.

Notre mère posa sa main sur le bras de son fils assis à son côté et murmura :

— Je ne vous en veux point. Hortense est une bru parfaite... et sans elle, je ne serais peut-être plus de ce monde...

— Charlotte, parce qu'elle a été pensionnaire à Saint-Cyr, nous représenterait au mieux, conclut père.

— Nous demanderons à François de vous y accompagner et d'être votre cavalier, dit mère.

— J'aurai plaisir à revoir Blanche, dis-je, et je féliciterai les époux et leurs parents en votre nom.

Je suppose que mon père fit partir un courrier chez son cousin afin qu'il accorde à son fils François l'autorisation d'être mon cavalier. Comme il y avait déjà plusieurs jours que j'étais sans nouvelles de François, je me permis de lui envoyer un court message pour lui dire mon impatience de le revoir et le bonheur que j'aurais à voyager jusqu'à Boulogne avec lui. Je pesai chaque mot afin que, sans froisser mon père et le sien, il devine l'ardeur de mes sentiments.

Je suppose aussi qu'une réponse positive parvint à mon père, car, quelques jours plus tard, il m'annonça :

— François viendra au domaine dans six jours avec une calèche portant les armoiries de sa famille. Il est préférable de ne pas arriver à Boulogne avec les couleurs de notre maison qui a déjà trop fait parler d'elle.

Père ne me remit aucun billet de François. J'en fus cruellement déçue. Un mot de sa main m'aurait comblée ! Mais peut-être n'avait-il pas su aussi bien que moi cacher ses sentiments et père, par décence, ne m'avait point donné ce message trop enflammé.

Je n'avais, bien entendu, aucune tenue convenable. Les nippes[1] avaient été le moindre de mes soucis... et l'idée de porter une belle robe afin de tenir correctement mon rang me réjouit. Toutes mes aventures ne m'avaient point ôté la coquetterie. Je m'en aperçus sans déplaisir. Il me souvint alors que j'avais fui l'austérité de Saint-Cyr pour le bonheur d'assister à une fête à Versailles[2].

Las, mère, en parfaite huguenote, ne portait que des jupes et des bustiers sombres, et pas la

1. Vêtements.
2. Lire *Charlotte, la rebelle*.

moindre dentelle, ni aucun ruban de couleur pour les agrémenter.

— Tous ces artifices sont contraires aux préceptes de notre religion, me rappela-t-elle.

— Je le sais bien, mais être habillée aussi simplement me désignera immédiatement comme huguenote et cela risquera de me mettre en fâcheuse position vis-à-vis de la famille La Tour Gouvernet.

C'était la seule raison que je pouvais invoquer afin de ne pas blesser ma mère.

— Certes.

Elle réfléchit un moment et enchaîna :

— Il y a bien au grenier une malle contenant les nippes d'une aïeule qui a vécu un temps à la cour il y a plus de cent ans... Elles ne sont plus au goût du jour et j'ignore si les rats ne les ont pas dévorées...

— Je vais aller, avec Célestine, examiner le contenu de cette malle, proposai-je.

Hortense se joignit à nous et, tout excitées, nous montâmes au grenier. Célestine nous précédait et se moquait gentiment de nous :

— Voyons, ne dirait-on pas deux fillettes espérant découvrir un trésor ?

— Si fait, lui répondis-je en riant.

Contrairement à ce que j'attendais, il y avait peu de choses au grenier. Mes parents avaient sans doute été contraints, après la fermeture du moulinage, de vendre pour quelques sous les meubles et objets qui y avaient été entreposés. Il restait quelques planches vermoulues, des coffres béants et deux ou trois malles. La première contenait des draps, la deuxième quelques pièces de vaisselle.

Lorsque j'ouvris la troisième, je découvris, après avoir soulevé la toile de lin qui les protégeait, les nippes dont mère nous avait parlé et je m'exclamai :

— Voici notre trésor !

Célestine sortit les jupes et, à la lueur des bougies que nous avions posées sur un tabouret, nous les examinâmes. Certes, elles étaient froissées et sentaient le renfermé, mais la soie n'avait point fané, les dorures n'avaient point terni. Les dentelles des chemises de lin fin étaient superbes. Elles n'avaient même pas jauni et ne demandaient qu'à être repassées. Quant aux bustiers, ils étaient somptueux... sans doute beaucoup trop pour une demoiselle de mon âge. Il faudrait sans doute alléger les broderies d'argent et d'or dont ils étaient ornés.

Chaque fois que nous sortions une pièce de la malle, nous poussions des cris de surprise.

— Jamais je n'avais vu d'aussi belles tenues dans notre famille ! avouai-je.

Célestine, pourtant fervente huguenote, ne put s'empêcher de les admirer :

— Ma foi, si ce n'était un péché d'orgueil, il doit être agréable de porter de si jolies choses.

— Je ne crois pas que Dieu s'occupe de la façon dont nous sommes vêtues... Ce qui lui importe, c'est notre façon de nous conduire vis-à-vis de notre prochain, dit la sage Hortense.

Célestine, une superbe jupe de soie pourpre à la main, dévisagea Hortense comme si celle-ci venait tout soudainement de lui ouvrir les yeux.

— Vous avez sans doute raison, convint-elle.

Puis, se tournant vers moi, elle poursuivit :

— Descendons tout cela. Nous tâcherons d'en tirer le meilleur parti pour vous confectionner une tenue agréable.

La semaine fut bien occupée.

Célestine découpa les étoffes pour ajuster les bustiers, l'aïeule ayant une gorge beaucoup plus volumineuse que la mienne. Puis il fallut allonger la jupe en ajoutant astucieusement une bande de tissu. Après plusieurs discussions, il fut convenu de supprimer quelques broderies trop lourdes, et de couvrir le décolleté trop plongeant par un volant de dentelle.

Je mis un point d'honneur à aider Célestine dans la couture que j'avais apprise à Saint-Cyr, mais ce n'était pas un domaine dans lequel j'excellais et mes points n'étaient guère réguliers. Hortense était beaucoup plus habile !

Les jours que nous passâmes toutes les trois à couper, coudre, broder, ravauder, sous l'œil attentif de mère, furent très agréables. Je crois même que nous en oubliâmes nos soucis ou, tout du moins, nous les mîmes de côté.

Qu'il était bon de retrouver un peu de frivolité !

8

Le jour tant attendu arriva enfin.

Ma robe était prête. Nous avions fait de nombreux essayages et presque autant de modifications. À dire vrai, nous nous étions beaucoup diverties toutes les quatre à mettre ces vieilleries à la mode. Même mère s'était prise à ce jeu futile !

— Il s'agit que vous teniez bien votre rang, avait-elle expliqué pour justifier son intérêt.

Comme il n'y avait que quelques dizaines de lieues jusqu'à Boulogne, je revêtis donc ma nouvelle tenue et, après que Célestine m'eut longuement coiffée pour domestiquer ma chevelure brune quelque peu négligée depuis mon départ de Saint-Cyr, je rejoignis mes parents qui m'attendaient dans le salon.

Je lus de l'étonnement et de l'admiration dans le regard de mon père. Il me baisa sur le front et me dit d'une voix chargée d'émotion :

— Votre position ne sera point aisée à tenir, mais j'ai entière confiance en vous, mon enfant. Je connais votre droiture et votre courage... Cependant...

Selon son habitude, il se tut un moment, sembla choisir ses mots et poursuivit :

— ... afin de ne point porter préjudice à Blanche, vous assisterez à l'office religieux dont les rites vous sont familiers...

— Ah, mon ami ! s'indigna mère.

Il calma son alarme en lui posant une main bienveillante sur l'épaule.

— Je ferai de mon mieux, assurai-je.

À peine avais-je prononcé cette phrase que le hennissement d'un cheval retentit dans la cour.

— Voilà votre cousin, annonça mon père.

Les battements de mon cœur s'accélérèrent. J'étais si heureuse de revoir François ! Et heureuse aussi qu'il me vît dans ces beaux atours ! Il franchit rapidement le perron et Célestine le fit entrer dans la pièce. Il s'inclina poliment devant mère, salua père et Hortense, donna une franche accolade à Simon, puis il se tourna vers moi.

— Vous êtes ravissante ! s'exclama-t-il.

Son regard brillait et le souris qu'il m'adressa me fit rougir. Il m'aimait comme je l'aimais et cette journée que nous allions passer ensemble renforcerait nos liens.

— Ne vous mettez point en retard, nous conseilla père avant d'ajouter : François, je vous confie Charlotte, je sais que vous vous conduirez en gentilhomme.

— Vous pouvez compter sur moi, monsieur.

Mère m'embrassa sur le front. Hortense me claqua un baiser sur la joue en me soufflant à l'oreille :

— Vous qui, à Saint-Cyr, rêviez de fêtes, profitez bien de ce moment...

Célestine me tendit une vaste cape de ratine en me recommandant :

— Enveloppez-vous-en bien afin de préserver votre tenue de la poussière des chemins.

Je montai à côté de François dans la calèche et le cocher fouetta. Ce court voyage en sa compagnie me réjouissait. C'était l'occasion de laisser s'exprimer nos sentiments sans témoin. Faisant fi de toute pudeur, je le lui dis d'emblée :

— Je suis heureuse de vous revoir et de pouvoir passer cette journée avec vous.

— Moi pareillement.

Sa réponse était brève. Il ne saisit point ma main que je laissais pourtant en évidence sur ma jupe.

Mais comme il avait promis à mon père de se conduire en gentilhomme, il craignait sans doute que ce contact ne lui excite les sens et ne l'entraîne au-delà du raisonnable.

Le silence s'établit. Il me fut intolérable. N'avions-nous plus rien en commun ? J'aurais pu parler du paysage que j'apercevais par la portière, du temps qui s'était mis au beau, de ma cousine Blanche... Ces sujets étaient-ils acceptables pour deux êtres qui s'aimaient ?

Peut-être sa famille avait-elle connu des drames qui expliqueraient sa réserve. Je l'interrogeai :

— Vos parents vont-ils bien ?

— Oui, merci.

— Et votre sœur, Irénée ?

— Elle va bientôt se marier.

— Ah, je suis contente pour elle.

Le silence se fit à nouveau. Je bouillais. François avait-il toujours eu ce caractère taciturne ? Si c'était le cas, je craignais fort d'avoir des difficultés à m'y habituer. J'aimais bavarder, rire, danser. Certes, mère me dirait que le devoir d'une jeune épouse est d'assurer la descendance, de satisfaire son époux et de tenir sa maison, mais cela ne correspondait point à mon caractère ! Je n'avais pas fui Saint-Cyr, parcouru les océans, séduit le roi du Siam pour finir ma vie dans le silence d'une demeure de province.

J'eus envie de le lui faire comprendre et je lui contai ce que je savais de Jean Cavalier en concluant :

— Voilà un huguenot qui force mon admiration. Il venge tous ceux que les catholiques ont massacrés ou humiliés.

Il demeura muet. J'en fus irritée et je repris, un peu sans doute pour le provoquer :

— Moi aussi, j'ai envie de me venger du sieur Bourdelle. Il a ruiné ma famille. Ma mère et ma sœur ont failli périr par sa faute. Il a ordonné mon enfermement à Saint-Cyr dans le but de m'épouser le jour de mes vingt ans.

— Saint-Cyr vous a apporté l'éducation que vos parents n'auraient point pu vous offrir.

Il me servait toujours le même discours et je ne me laissai point démonter.

— Certes, mais on m'a obligée à vivre dans la religion catholique.

— Était-ce donc si terrible ?

La colère monta en moi et je martelai :

— Ce n'est point la religion de ma famille. Je suis huguenote.

— Vous ne l'êtes plus. Vous avez fait le serment d'être une bonne catholique, et revenir à votre ancienne religion, c'est être parjure et vous vouer aux flammes de l'enfer.

Le sang me monta au visage, tandis que j'avais l'étrange impression que le reste de mon corps devenait aussi froid que la mort. Je criai :

— Et vous, monsieur, vous ! De quelle religion êtes-vous à présent ?

Il ne me répondit point, mais je savais à quoi m'en tenir.

Je retins à grand-peine les larmes qui me brûlaient les paupières et je bredouillai :

— Et moi... moi qui ai risqué ma vie pour vous sauver... alors qu'il a suffi à Mme de Caylus de quelques belles paroles... ou peut-être plus pour vous convertir à la religion catholique et vous éviter la chaîne !

— Marguerite m'a ouvert les yeux. Elle m'a fait comprendre que la vraie religion était celle de Sa Majesté.

— Pour obtenir une charge et parader à Versailles, c'est en effet un choix judicieux !

Il pinça les lèvres et se tourna vers la portière.

N'en ayant pas encore terminé, j'insistai :

— Et qu'en est-il de vos sentiments à mon égard ?

— Ils n'ont point changé... c'est vous qui avez changé et qui...

— Non, c'est vous qui avez changé ! coupai-je. Moi, je suis fidèle à mon acte de naissance, à ma famille et... à vous, François, le gentilhomme fougueux de mon enfance, prêt à en découdre avec les papistes.

Il leva la main comme s'il était fatigué par mes reproches et ajouta, agacé :

— Le temps a passé, Charlotte... j'ai mûri.

Je me tus pour ne pas éclater en sanglots ou labourer son beau visage de mes ongles. Comment pouvait-il prétendre m'aimer s'il n'aimait pas en moi la huguenote que j'étais encore ? Notre couple pouvait-il se construire dans la haine de la religion de l'autre ? En quelques minutes, il venait de détruire le rêve qui m'avait portée pendant toutes ces années à Saint-Cyr. J'avais le cœur en lambeaux. Mes sentiments pour lui étaient toujours aussi forts, pourtant il faudrait que j'apprenne à les faire taire.

La peine et la colère me tinrent compagnie dans le silence qui dura tout le reste du voyage.

J'étais complètement tourneboulée lorsque nous pénétrâmes dans la cour du château et je regrettais fort d'avoir accepté cette invitation. Je savais que je devrais faire accroire que j'étais devenue une bonne catholique, et après la discussion que j'avais eue avec François, cela allait me coûter doublement.

— Je vous saurai gré de jouer, au mieux, le rôle attribué par mon père, lui dis-je avant de descendre de la calèche.

— Vous n'aurez pas à vous plaindre de ma conduite, me répondit-il.

Il y avait presse et le cocher eut du mal à se frayer un chemin parmi les carrosses, les calèches, les voitures à bras. Il invectiva à plusieurs reprises des valets qui s'affairaient pour descendre un marchepied et porter les malles de quelques dames et gentilshommes qui déambulaient dans la cour.

Dès que la voiture s'arrêta, je saisis ma jupe à deux mains et, avec précaution, je descendis sur la terre ferme. Une voix féminine m'interpella alors :

— Charlotte ?

Il ne me fallut qu'une fraction de seconde pour la reconnaître. Elle avait avec brio interprété le rôle d'Élise dans *Esther,* la pièce écrite pour nous par M. Racine[1]. Notre intérêt pour le théâtre nous avait rapprochées, et si je n'avais point quitté précipitamment Saint-Cyr, une solide amitié serait certainement née entre nous.

Surprise, je m'exclamai à mon tour :

— Olympe ! Mais par quel curieux hasard êtes-vous ici ? Avez-vous fui Saint-Cyr ?

— Ah, mon amie, c'est une bien longue histoire. Je vous la résume en quelques mots, je suis comédienne !

— Comédienne ! C'était mon rêve également. La vie en a décidé autrement. Vous devez être si heureuse d'exercer votre art.

— Le théâtre me comble... mais pour le reste...

À ce moment-là, François me rejoignit.

---

1. Lire *Les comédiennes de monsieur Racine.*

— Je vous présente mon cousin François dont je vous ai si souvent parlé à Saint-Cyr.

Il s'inclina devant Olympe et fit semblant de se plaindre :

— Ainsi, vous êtes l'une des demoiselles dont Charlotte me rebat les oreilles ! Savez-vous que parfois j'ai l'impression qu'elle regrette son couvent ?

Il en faisait trop pour paraître aimable et cela me mit mal à l'aise. Je souris et je changeai de conversation :

— Blanche est une de mes cousines. Son mariage avec le marquis de Balaruc a attiré tous les seigneurs de la région. Le marquis est très apprécié par Sa Majesté, mais, ajoutai-je en me penchant vers Olympe, il est aussi très vieux.

— Certes... mais il goûte le théâtre puisqu'il a convié notre troupe afin que nous interprétions une pièce de Molière... La vie d'une troupe est difficile... Il lui faut toujours dénicher de nouveaux engagements.

François me saisit le bras et me dit :

— Venez, ma mie, ne nous mettons pas en retard.

— Nous nous verrons après la représentation, soufflai-je à Olympe.

J'allais présenter mes civilités à mon oncle et ma tante fort occupés à accueillir toute la noblesse de la région.

— Ah, Charlotte ! s'exclama ma tante, quel bonheur de vous avoir à nouveau parmi nous.

— Nous sommes fiers de recevoir une demoiselle de la Maison royale d'éducation de Saint-Louis, enchaîna son époux.

Visiblement, ils ignoraient les circonstances de mon départ de Saint-Cyr... Je me gardais bien de les leur expliquer et lorsque François se présenta à son tour, mon oncle lui dit :

— J'ai appris que Mme de Caylus vous honorait de son amitié... un appui à la cour n'est jamais négligeable.

Je cachais au mieux ma contrariété, mais j'avais l'impression abominable de me noyer dans les menteries.

La messe, célébrée dans la chapelle du château, fut une nouvelle épreuve. Je pris mon mal en patience. Un moment, en fermant les yeux, je crus entendre la voix mélodieuse de Louise et ouïr le bruissement des jupes de mes compagnes de Saint-Cyr. Une bouffée de nostalgie m'envahit. J'avais détesté la vie à Saint-Cyr et pourtant, de doux souvenirs venaient perturber ma pensée.

Je m'en voulus de cette mollesse. J'étais huguenote, que diantre !

À la sortie de la chapelle, c'est avec sincérité que je félicitai Blanche en lui rappelant nos jeux d'enfants.

— Ne parlons plus du temps d'avant. Je suis heureuse que vous ayez retrouvé le droit chemin.

Je compris que j'avais été maladroite en évoquant l'époque où catholiques et huguenots vivaient en bonne harmonie.

— Venez, ma bonne, enchaîna-t-elle, profitons des buffets.

Je cherchai François parmi la foule nombreuse qui s'empiffrait de viandes, pâtés, massepains, fruits confits, tout en buvant vins et liqueurs. Je ne le vis point. Je fis semblant de grignoter quelques douceurs, souriant à droite ou à gauche à des gens que je connaissais point.

Enfin, un maître de cérémonie invita tout le monde à se rendre au spectacle.

9

Blanche insista pour que je m'assoie à son côté. François préféra le fond de la salle. Mon regard s'y arrêta un instant et je vis... je crus voir... un homme dont le visage était à jamais gravé dans mon esprit : le marquis de Bourdelle !

Je manquai défaillir.

J'hésitais sur la conduite à tenir : fuir, me ruer sur lui pour lui griffer le visage, hurler ma colère... Mais j'étais vidée. Je n'avais plus aucune force. Et puis, c'était le mariage de Blanche... tout esclandre était à bannir. Je devais garder la tête et le cœur froids. Je me dévissai le cou pour tenter de m'assurer de sa présence... je ne le vis plus. Je devais être aussi pâle qu'une morte lorsque je m'assis, mais personne ne le remarqua.

Comment goûter *Les Femmes savantes* dans ces conditions ? J'essayai pourtant d'entrer dans la pièce pour savourer le jeu des acteurs et surtout celui d'Olympe, mais le regard de Bourdelle me transperçait la nuque. Plusieurs fois je sursautai lorsque les spectateurs s'esclaffèrent, comme si cela avait été totalement incongru.

J'étais furieuse contre moi, contre mon père, contre François qui n'avait point envisagé que Bourdelle assisterait au mariage de la fille du seigneur de La Tour Gouvernet.

Lorsque, à la fin de la pièce, les comédiens saluèrent, je me sentis perdue. Que devais-je faire ? Je me tournai vers Blanche dans l'espoir de lui expliquer ma situation, mais son époux, qui avait à peine applaudi, l'entraîna vitement hors de la pièce. Il me parut impoli de m'imposer. J'ignorai où était François.

J'étais seule.

La panique me saisit. Aussi, alors qu'Olympe quittait la scène, je la retins sous le prétexte de pouvoir bavarder un peu, et nous nous dirigeâmes vers le jardin. Nous nous assîmes sur un banc de pierre, et afin de me changer les idées, je la questionnai :

— Parlez-moi de Saint-Cyr.

— Après votre départ, c'est Hortense qui a été enlevée...

— Oui. Je le sais puisque Simon, mon frère, est le coupable. Ils sont tous les deux auprès de mes parents à quelques lieues d'ici. Et ils filent le parfait amour !

— Ah, tant mieux.

— Henriette aussi est partie... mais j'ignore ce qu'elle est devenue. Isabeau, quant à elle, a accompli son rêve. J'ai ouï dire qu'elle aidait les filles de la Charité à sauver des orphelines autour de Versailles. Et vous, mon amie, êtes-vous enfin heureuse avec votre cousin ?

Sans le vouloir, elle venait de m'enfoncer un poignard dans le cœur et, n'ayant point le courage de lui dire la vérité, je lui mentis au mieux en affirmant qu'avant d'épouser François, je m'étais juré de me venger du sieur de Bourdelle qui avait fait notre malheur. Je ne lui précisai point que je pensais l'avoir vu dans la foule... après tout, mon esprit tourmenté ne m'avait-il pas joué un tour ? Était-ce bien lui que j'avais aperçu ?

Elle me conta alors son histoire qui était aussi cruelle, sinon plus, que la mienne.

Elle me demanda conseil quant à l'attitude qu'elle devait adopter, mais sa situation était si complexe qu'il me fut impossible de la guider. Je me contentai de lui serrer la main pour l'encourager et je lui annonçai afin de faire diversion :

— Je viens d'avoir des nouvelles de Louise. Elle se marie avec le sieur Bertrand de Prez. Un courrier m'est parvenu pour me porter l'invitation. Elle souhaite que toutes ses compagnes de la classe jaune soient présentes à la cérémonie.

— Oh, il me plairait beaucoup d'assister à ce mariage qui nous donnerait l'occasion de revoir nos amies de Saint-Cyr.

— Moi également, mais...

Soudain, François fut devant nous :

— Le bal va commencer, déclara-t-il.

Je me moquais éperdument du bal et la perspective de devoir danser avec lui m'était odieuse. Mais tant que je serais avec lui, j'espérais que Bourdelle, si c'était bien lui, hésiterait à m'importuner. J'embrassai Olympe et je suivis mon cousin.

— Nous devons faire bonne figure, me souffla-t-il, le marquis de Balaruc est un homme influent. Il vient d'obtenir une charge à la cour et il m'a laissé comprendre qu'il pourrait faciliter mon entrée...

— À la cour ! m'étonnai-je en m'arrêtant net au milieu de l'allée.

— C'est là qu'il faut être pour assurer son avenir.

— Ainsi votre conversion au catholicisme vous convient.

— Parfaitement. À présent, je suis catholique. Il ne faut plus me parler de la prétendue religion réformée.

Je bégayai, comme si j'allais étouffer :

— De la pré... prétendue religion... réré... formée.

— Vous auriez tout à gagner à vous conformer à la religion catho...

— Jamais ! coupai-je.

— Attention, Charlotte, vous êtes ici en terre catholique et il ne serait point bon pour vous, pour votre famille et... et pour moi que vous exposassiez vos véritables sentiments.

— Vous... vous êtes un monstre !

— Mais non, ma mie... j'en ai seulement assez de toutes ces souffrances... alors qu'il est si simple de bien vivre.

— Les compromis ne sont point pour moi !

— Votre orgueil vous perdra.

— Et vous, c'est votre lâcheté qui fera votre malheur !

Nous étions arrivés à l'entrée de la salle de bal. La présence de François à mon côté m'était intolérable. J'allais donc me diriger vers le salon où les personnes les plus âgées pouvaient deviser assises sur des chaises, un verre de liqueur ou une douceur à la main, lorsqu'il fut devant moi : Bourdelle !

— Ah, mademoiselle de Lestrange, susurra-t-il en s'inclinant légèrement. Je suis heureux que le mariage de votre cousine me donne le plaisir de vous revoir.

Contrairement à toute attente, je ne tombai pas en pâmoison. Je puisai, je ne sais où, le courage de lui répondre :

— Je... je ne peux pas vous retourner le compliment, monsieur.

— Oh, badina-t-il, ne me dites pas que vous m'en voulez toujours pour vous avoir obtenu une place dans la célèbre Maison de Saint-Cyr où tant de demoiselles rêvent d'entrer ? Vous voilà, à présent, prête pour un beau mariage !

Je saisis la perche qu'il me tendit et, forçant mon souris, je désignai François.

— Voici justement mon promis. Nous serons mariés sous peu.

Bourdelle fronça les sourcils, hésita un peu et maugréa :

— Nous verrons bien.

Et comme les violons entamaient une courante, il me parut que c'était le bon moment pour me débarrasser de Bourdelle et m'adressant à mon cousin, je minaudai :

— Mon ami, vous m'avez promis toutes les danses et nous en avons déjà manqué plusieurs.

François m'entraîna donc au milieu de la salle et, bien que je n'en aie pas la moindre envie, j'exécutai plusieurs danses. À chaque changement de musique, je guettai Bourdelle, mais il ne reparut point. J'espérais que ce n'était pas une feinte et qu'il avait vraiment déserté les lieux.

Après quelques danses, je dis à François :

— La présence de Bourdelle me gâche la fête et je préfère regagner notre demeure. Ici, je ne me sens pas en sécurité.

— C'est que... j'ai de mon côté des projets que... que je dois exposer au sieur de Balaruc et... aussi, ne vous en déplaise, au sieur de Bourdelle.

Je faillis m'étrangler :

— À Bourdelle !

— Parfaitement. Balaruc et lui m'ont promis leur soutien et nous devons discuter de la meilleure façon pour moi d'obtenir une charge à la cour. Si je partais maintenant, ce serait compromettre la réussite de leur plan...

Je serrai les poings et, lui faisant face, je lançai :

— Eh bien, adieu monsieur, je crois que nous n'avons plus rien en commun.

Et sentant des larmes me monter aux yeux, je tournai les talons.

Il ne chercha même pas à me retenir. Je l'espérais pourtant. Je me disais qu'il était impossible que les sentiments qui nous avaient unis disparaissent si promptement. Il allait courir derrière moi, me saisir la main, s'excuser, pleurer peut-être, m'assurer qu'il faisait fausse route, me supplier de lui pardonner, me jurer de m'aimer toujours.

Le cœur battant, j'attendis. Rien ne se passa. Je me retournai. Il avait disparu. D'un revers de main je séchai les larmes qui noyaient mes paupières. Ce n'était ni le moment ni le lieu pour flancher.

Je décidai de prendre congé de mon oncle et de ma cousine. Je n'avais qu'une hâte, fuir cet endroit où j'avais revu Bourdelle et où François m'avait quittée.

— J'aurais voulu vous proposer un hébergement afin que vous ne soyez pas sur nos chemins de nuit, me dit mon oncle, mais tant de seigneurs nous ont demandé l'hospitalité que le moindre espace est occupé. Je vous ferai escorter jusqu'à Vesseaux à trois lieues d'ici. Le seigneur Du Praz, un ami, vous accueillera, François et vous.

Je n'expliquai point à mon oncle que François ne m'accompagnerait pas.

Un moment, j'envisageai de quitter Boulogne avec Olympe et la troupe de comédiens, mais lorsque j'arrivai dans la cour, j'entendis dans le lointain les roues d'une voiture. Trop tard, ils étaient partis !

Je regagnai seule la calèche, mais il me fallut quérir le cocher.

Guidée par des chansons à boire, des rires, j'allai jusque dans les communs. Je dus me faire violence pour oser franchir la porte. Les valets, palefreniers, cochers, marmitons, servantes célébraient aussi le mariage de Blanche en buvant force chopines de vin et en mangeant de la cochonnaille. Mon intervention les dérangea. Ils ne se privèrent pas de se moquer de ma jeunesse, de ma candeur. Je gardai mon calme, j'éloignai certains hommes trop entreprenants et, reconnaissant notre cocher, je lui dis d'un ton sans réplique :

— Monsieur, veuillez bien me reconduire.

Il se leva difficilement et, à contrecœur, consentit à atteler le cheval. Ses doigts étaient malhabiles. Il jura beaucoup. Je fis semblant de ne point l'entendre. J'aurais dû renoncer. Être conduite par cet homme aviné n'était pas prudent. Mais passer la nuit à Boulogne était au-dessus de mes forces et je préférais risquer de verser dans un ravin que d'être capturée par Bourdelle.

Nous sortîmes bientôt de la cour par la grande porte. Nous n'étions pas le seul attelage à quitter les lieux. J'espérais donc que, malgré les cris du cocher, notre départ passerait inaperçu.

J'exigeai du cocher qu'il me reconduisît immédiatement à notre demeure sans faire de halte à Vesseaux. Il grogna, jura, pressé sans doute de retourner à ses agapes. Je tins bon. Craignant sans doute d'être vertement réprimandé par mon père s'il ne m'obéissait point, il finit par consentir à faire le chemin. L'air vif le dégrisa sans doute, car, malgré mes craintes, nous ne versâmes point, et nous parcourûmes à bride abattue les huit lieues nous séparant de la maison de mes parents.

Célestine avait-elle eu une prémonition ?

Elle parut, une bougie à la main, sur le perron dès que je quittai la voiture. Mon air sombre, les larmes qui avaient laissé des traces humides sur mes joues et l'absence de François lui permirent de deviner que quelque chose de grave était survenu. Elle ne me posa aucune question, mais, entourant mes épaules de son bras, elle m'accompagna jusqu'à ma chambre. Elle m'aida à me dévêtir et à délacer mon corps tout en poussant des soupirs comme si elle voulait me montrer qu'elle était au diapason de ma peine. J'aurais pu tout lui expliquer, mais j'avais été si ébranlée par l'attitude de François que les mots ne me venaient point. Comment dire l'indicible ! Sa tendresse bourrue, son silence me faisaient du bien.

Après avoir ouvert les draps du lit, elle me baisa sur le front et me dit :

— Essayez de dormir, ma petite Charlotte, demain vous y verrez plus clair.

Je priai pour que le sommeil m'emporte et me fasse, le temps d'une nuit, oublier mon malheur. Mais trop de pensées virevoltaient dans mon esprit pour que je trouve le repos.

Je me sentais trahie. François n'était pas le gentilhomme intègre pour qui j'avais risqué ma vie. Il préférait renoncer à notre amour pour gagner une place à la cour.

J'avais eu tort de lui vouer ma jeunesse.

Je ne sais ce qui me blessait le plus : m'être trompée à son sujet ou perdre son amour.

Jamais je ne serais l'épouse de François. Ma vie me parut alors si vide... si vaine... que les larmes qui s'étaient taries redoublèrent de force.

Au matin, Hortense, encore en chemise, pénétra dans ma chambre, pressée que je lui fasse le récit du mariage de Blanche. Mon visage encore bouffi par le chagrin et mes yeux cernés l'inquiétèrent immédiatement. Elle s'assit près de moi et me demanda :

— Ma pauvre amie, que s'est-il donc passé ?

Je lui contai tout.

— Le goujat ! s'emporta-t-elle. Quand je pense que vous avez risqué votre vie pour sauver la sienne ! Oh, j'en frémis de dégoût ! Il n'est point digne de vous.

Nous demeurâmes un long moment silencieuses, puis s'approchant encore de moi, elle chuchota, l'air grave :

— Hier soir, nous avons eu une importante visite.

Mon esprit malmené me fit entrevoir le pire et je m'exclamai en agrippant le bras d'Hortense :

— Le sieur de Bourdelle est venu avec des hommes armés afin que père consente à ce que je l'épouse.

— Mais non, voyons, ne m'avez-vous point dit que le marquis était au mariage de votre cousine ?

— Heu... si fait... je perds la tête... Était-ce l'évêque de Viviers ?

— Pas du tout !

Elle parla encore plus bas :

— Il s'agit de Jean Cavalier, le camisard.

— Cavalier ? Mais qu'est-il venu faire chez nous ?

— Se cacher, se reposer... et aussi chercher de l'aide.

Je me redressai sur ma couche et, abasourdie, je répétai :

— Se cacher ? Il a mal choisi le lieu...

— Il n'a point eu le choix. Il menait avec sa troupe une action punitive contre un village catholique qui les avait trahis. Malheureusement, les camisards furent encerclés par les royaux et durent fuir pour avoir la vie sauve. Cavalier et quelques-uns de ses hommes, aux abois, arrivèrent devant la demeure de vos parents. Simon les aperçut et leur offrit l'hospitalité.

— Mais père...

— Votre père n'a pas eu le cœur de les renvoyer... ils avaient été très éprouvés par l'attaque et il y avait un blessé parmi eux... Je l'ai soigné de mon mieux et...

— Où sont-ils ?

— Dans les caves... Dès le retour de Suisse de votre mère, afin de la rassurer, on a creusé un souterrain qui débouche sous une anfractuosité de la roche à une demi-lieue de votre demeure. C'est pour Cavalier et ses hommes une cachette sûre dont il sera facile de s'échapper...

— Un souterrain ? Père ne m'en a point informée...

— Il n'en a pas eu l'occasion. Hier, votre mère était si heureuse d'héberger un défenseur de la cause huguenote qu'elle l'a invité à notre table. Il nous a conté plusieurs de ses exploits. Il parle avec passion.

À dire vrai, depuis que j'avais entendu parler de ce camisard, j'avais grande envie de le rencontrer. Il me paraissait valeureux et fidèle, tout le contraire de François.

— Ne vous inquiétez pas, reprit Hortense. Cavalier repart ce matin même avec ses hommes. Il ne veut pas compromettre votre famille. Il sait ce que vous avez déjà enduré.

Je me levai d'un bond :

— Vite, aide-moi à me vêtir. Je veux le connaître.

Hortense ne parut même pas surprise. Elle m'aida à lacer mon corps, à passer mes jupons, et tandis que j'enfilais mes bas, elle commença à démêler ma chevelure. Je retins tant bien que mal mes boucles brunes avec quelques rubans. Afin d'effacer toute trace de mes pleurs de la nuit, je me rafraîchis le visage avec l'eau restant dans la cruche. Je ne pus m'empêcher de m'approcher du miroir afin de m'assurer que j'étais présentable. J'excusai ma coquetterie en disant à Hortense :

— Je ne voudrais point faire honte à ma famille.

— Vous êtes belle, Charlotte, quelles que soient les circonstances, me complimenta-t-elle.

J'ouvris la porte de ma chambre.

— Je ne vous accompagne pas, ajouta-t-elle.

Fine mouche, elle avait compris que je n'avais pas envie d'un chaperon pour rencontrer Cavalier. De la main droite, je lui adressai un petit geste amical, de l'autre, je saisis une chandelle afin d'éviter de trébucher dans les escaliers sombres. Il était encore tôt et j'espérais ne pas croiser mes parents.

En arrivant dans les sous-sols, je fus étonnée de ne point entendre le moindre bruit. Cavalier et ses hommes seraient-ils partis dès l'aube ?

Je tournai la volumineuse poignée de fer forgé qui grinça et je m'arc-boutai pour pousser la lourde porte de chêne cloutée qui pivota difficilement sur ses gonds. Un pistolet se braqua sur moi. Je lâchai mon bougeoir en poussant un cri de terreur. Quelques rires moqueurs fusèrent. Un homme s'approcha de moi en levant une torche et dit d'une voix calme :

— Baisse ton arme, Georges, ce n'est qu'une demoiselle.

Je regrettai de n'avoir pas fait preuve de plus de sang-froid. Je me rattrapai en attaquant :

— Eh bien, c'est ainsi que vous remerciez ceux qui vous accueillent !

— Nous devons être prudents et méfiants... une porte ne s'ouvre pas toujours sur un ami.

Celui qui venait de parler devait être Jean Cavalier. Discrètement, je l'examinai. Il était jeune... plus que François et peut-être même plus que moi. Il n'était pas très grand, assez trapu, mais il avait un visage agréable, des cheveux châtain clair attachés par un lien et de beaux yeux vifs. J'avais d'ailleurs l'impression qu'il m'observait avec autant d'attention que je le faisais. Je me troublai et je rougis.

— Nous nous apprêtions à partir, me dit-il en achevant de fixer une large ceinture à sa taille. Il n'est point dans notre intérêt, ni dans celui des gens qui nous hébergent, de demeurer trop longtemps à la même place.

— Vous... vous partiez ? bredouillai-je.

— Oui, demoiselle, il n'est point temps de nous reposer, et tant que nous n'aurons point obtenu le droit de pratiquer librement notre religion, nous lutterons ! Nous avons perdu beaucoup des nôtres lors de la dernière bataille, mais d'autres prendront leur place parce que notre cause est juste.

Alors, comme cet homme m'impressionnait et que j'admirais son courage, je lançai sans réfléchir :

— Je viens avec vous !

— Voyons, vous n'y pensez pas. Vos parents ne le permettront pas...

Je levai la tête et je le défiai :

— Tous ceux qui vous suivent ont-ils une autorisation de leur famille ?

— Certes non, mais votre naissance...

— Je suis huguenote. Ma famille, malgré quelques égarements, l'est aussi. Par la faute du sieur Bourdelle, j'ai été convertie de force au catholicisme. J'aurais pu vivre à Versailles dans le faste de la cour, mais je suis revenue en Vivarais pour rester fidèle à mes origines. Je suis prête à risquer ma vie pour défendre notre religion.

— Je... je ne peux accepter.

— Je n'ai rien à perdre, insistai-je.

Il se tourna vers la dizaine d'hommes qui se tenaient dans le fond de la pièce voûtée et d'un geste leur donna l'ordre de partir.

Pour bien lui faire comprendre qu'il ne me laisserait pas derrière lui, je lui emboîtai immédiatement le pas.

— Ne voulez-vous pas dire au revoir à votre famille ?

— Non. Partons maintenant.

Je craignais en m'absentant quelques minutes qu'il ne fuît sans moi. Et puis, subir les pleurs de ma mère, les reproches de mon père risquait de diminuer mon courage. Ma décision était prise. J'avais besoin d'action pour oublier la déception causée par François. Et lutter avec les huguenots me donnerait l'impression de lutter contre lui et contre Bourdelle.

Je regrettais pourtant de ne pouvoir embrasser Hortense et Simon. Eux m'auraient comprise... peut-être. Mais le temps m'était compté. Je partais maintenant avec Cavalier ou je ne partirais point et la triste vie qui s'offrait à moi ne me tentait pas.

Plusieurs hommes déplacèrent d'énormes pierres masquant le départ du souterrain. Ils s'y faufilèrent. Cavalier me lança un étrange regard, comme s'il doutait que j'allais le suivre.

Il s'engouffra à son tour dans le passage. Je lui emboîtai le pas.

Je ne sais pourquoi une pensée ridicule me vint à l'esprit : « Je n'assisterai point au mariage de Louise »... alors que les autres, toutes les autres y seraient probablement.

Dommage.

2e Partie

LOUISE

11

Le roi, mon père, tint la promesse faite le soir où il m'avait offert cette broche dont le rubis taillé en cœur ne me quittait plus[1]. Je fus nommée « fille de la musique de la chambre ».

Deux sœurs occupaient également cette charge, Marguerite et Geneviève de Brion. Elles m'accueillirent gentiment comme l'une des leurs, c'est-à-dire une musicienne et une choriste. Elles ne firent jamais aucune allusion à ma filiation royale et c'était très bien ainsi d'autant que mon père ne m'avait jamais reconnue officiellement comme il l'avait fait pour les enfants qu'il avait eus avec Mlle de La Vallière et avec Mme de Montespan. Eux portaient un titre prouvant qu'ils étaient

1. Lire *Le secret de Louise*.

princes du sang. Ils étaient légitimés et n'étaient donc plus des bâtards ou des bâtardes.

Moi, je l'étais toujours.

Et même, je n'étais personne puisque je ne portais ni le nom de mon père ni celui de ma mère, mais un nom inventé pour cacher mes origines troubles : Mlle de Maisonblanche.

Ainsi, nul n'était censé connaître le secret de ma naissance.

Après la bien pénible affaire des poisons, ma mère, avec l'accord de Sa Majesté, s'était établie dans une demeure rue Montmartre à Paris. Dès que mes obligations auprès de la reine d'Angleterre me le permettaient et que je n'avais point de répétitions de musique, je lui rendais visite. Elle combla ma curiosité en me contant l'histoire de notre famille.

— Ta grand-mère, Alix Faviot[1], a été une comédienne célèbre sous le nom de Des Œillets. Elle était appréciée de tous dans les pièces du grand Corneille et de Racine. Elle avait du talent. C'est grâce à ses qualités de tragédienne qu'elle put approcher la cour et surtout Mme de Montespan qui goûtait fort le théâtre. Ma mère ne souhaitait point que je devienne comédienne et elle parla de

1. Alix Faviot avait épousé Nicolas de Vin, comédien sous le pseudonyme de Des Œillets.

moi à la favorite qui accepta de me prendre à son service. J'étais si jeune... Vivre à la cour, c'était merveilleux. Las, les dames de qualité me reprochèrent méchamment mes origines, car vous le savez, les comédiennes, plus encore que les comédiens, ont une abominable réputation d'autant que l'Église leur refuse un enterrement religieux !

— Je le sais. Molière a été enterré de nuit...

— Sans l'appui de Mme de Montespan, ma vie aurait été un enfer et ces mégères auraient réussi à me faire chasser.

— Elle a aussi profité de vous, mère, en vous mêlant à cette abominable affaire des poisons.

— Sans doute. Mais je ne pouvais rien lui refuser, vous comprenez ? Je lui devais mon établissement... Mon unique regret, c'est que vous ayez à souffrir de votre naissance...

Je l'embrassai pour lui prouver que je ne lui en voulais point.

Un jour lors d'une de nos discussions, j'eus envie de lui faire partager mes souvenirs d'enfançon et je lui contai mon attachement pour Joseph, mon frère de lait :

— Il chantait à l'église lors des cérémonies et c'est lui qui m'a enseigné comment placer ma voix pour que le son soit plus rond ou plus puissant. Il avait une oreille sûre. Il était le seul à me donner un peu d'affection. Nous étions très liés... notre séparation a été difficile.

— Ah, ma chère enfant... J'éprouve un profond remords à vous avoir laissée chez ces gens... Ce couple m'avait pourtant été recommandé...

— Avant que vous arriviez pour me visiter, la nourrice me lavait et me mettait une jupe propre, puis elle menaçait de me battre si je vous révélais la façon dont j'étais traitée...

— Je vous en prie, Louise, n'évoquez plus cette difficile période qui me met la honte au front.

— Si je vous en parle, maman, ce n'est point pour vous culpabiliser mais parce que j'aimerais retrouver Joseph. Je lui avais promis de ne point l'oublier et j'ai tenu parole. J'ai sollicité pour lui une place de jardinier auprès de Sa Majesté.

— Las, le roi oublie souvent ses promesses.

— Je le crois en effet. Aussi, c'est à moi que revient la tâche de secourir Joseph... seulement, j'ignore où se situe la ferme où j'ai passé ma petite enfance.

— C'est un lieu dont je préférerais ne point me souvenir.

— Je me permets d'insister. Nous avons bu le même lait... mais le destin a été plus clément avec moi et il est de mon devoir de l'aider à quitter l'existence misérable qui doit être la sienne. Certes, je ne pourrai point lui offrir une charge à la cour, mais peut-être parviendrai-je à lui obtenir une place de valet, palefrenier ou jardinier.

— Ah, Louise, vous avez une grande âme.

Elle hésita et finit par lâcher :

— Il s'agit de la famille Fourmelon sise au lieudit « Le Déluge » à quelques lieues de Houdan.

— Merci, ma chère maman. Soyez sans crainte, je serai discrète. Je ne prononcerai point votre nom et je ne revendiquerai point non plus ma filiation royale.

— Je vous en suis reconnaissante.

La perspective de retourner seule dans cet endroit m'inquiétait et je ne pouvais exiger de ma mère qu'elle m'accompagnât. Je le proposai à mon amie Élise de Langeron, comme moi demoiselle d'honneur de la reine d'Angleterre.

— Je comprends vos réticences et vos motivations aussi, me répondit-elle. Je ne veux pas vous laisser dans l'ennui. Nous ferons donc le voyage ensemble et je vous seconderai de mon mieux. Nous emprunterons l'une des calèches de ma mère.

Je savais pouvoir compter sur elle et sur sa discrétion.

Elle s'occupa de tout organiser. Je crois que cela lui plaisait de venir en aide à la fille de Sa Majesté. Quelques jours plus tard, elle m'annonça :

— Tout est prêt. La reine, à qui j'ai exposé votre projet, nous accorde deux jours de vacances. Il faudra songer à la remercier.

— Je n'y manquerai pas. La reine est toujours bonne avec moi.

— Il est vrai qu'elle vous aime beaucoup, et si vous n'étiez mon amie, j'en prendrais même ombrage.

— Oh, je vous en prie, ne soyez pas jalouse de ma situation... je vous assure qu'elle n'a rien d'enviable comparée à la vôtre.

— Je le sais bien. C'était une boutade pour vous faire enrager.

Je lui souris avant d'ajouter :

— Quand partons-nous ?

— Dès demain. La reine en a convenu ainsi, car elle sera occupée par son tailleur venu lui montrer de nouvelles étoffes pour ses tenues de la prochaine saison.

Je dormis mal. Mille questions me taraudaient. Comment me vêtir pour revoir ces gens de basse condition ? Point trop luxueusement sans doute. Mais je ne voulais pas non plus qu'ils me considèrent comme une pauvresse. Comment allaient-ils réagir en me voyant ? Me chasseraient-ils ? Seraient-ils obséquieux afin d'obtenir une aumône ? Fanchon et Lisette devaient avoir bien grandi, les embrasser me ferait plaisir. Est-ce que Joseph serait là ? Ne serait-il pas parti louer ses bras chez un fermier à plusieurs lieues ?

Soudain, l'angoisse s'empara de moi. Et s'il était mort emporté par l'une de ces terribles maladies qui font tant de ravages ? Peste, fièvre jaune, petite vérole...

Au matin, Élise m'aida à choisir mes vêtements et me réconforta :

— Mettez donc l'une de vos tenues pour la promenade. Le tissu n'est point trop fragile et il conviendra parfaitement pour notre escapade. Je vous conseille de ne porter aucun bijou, et de vous coiffer simplement. Un chapeau de voyage et votre mante de lainage compléteront votre mise... Et puis, ne vous alarmez pas, je serai avec vous et tout ira pour le mieux...

Son attention affectueuse ne m'empêcha point d'avoir la gorge nouée durant tout le voyage. Élise s'évertua pourtant à me distraire, me montrant, à l'orée d'une forêt, une biche et son faon, plus loin un groupe de lavandières agenouillées devant un lavoir, un arbre en fleur, un vol d'oiseaux... Pour ne point la fâcher, je m'extasiai un instant, mais mon esprit était trop préoccupé pour jouir de ces spectacles bucoliques.

Tantôt je me disais : « Vite, que l'on arrive ! » La minute d'après, je pensais : « Et s'il ne reste plus personne ? »

CHAPITRE
12

Je reconnus immédiatement la masure.

C'était comme si je replongeais dix ans en arrière. Les odeurs m'agressèrent et les images du passé me revinrent en rafale. La crainte des coups et des humiliations qui avait perturbé mon enfance me fit trembler, comme autrefois.

— Ressaisissez-vous, me recommanda Élise.

Je m'efforçai de marcher sans défaillir, la tête haute. Mais il me semblait être redevenue une enfant... et l'envie de fuir me saisit. Je jetai des regards apeurés autour de moi.

— Vous êtes la fille de Sa Majesté, ne l'oubliez pas, reprit-elle.

Cette affirmation me redonna un peu d'assurance.

Les grincements de notre calèche s'arrêtant dans la cour boueuse attirèrent à l'extérieur une fille maigre, la jupe sale, déchirée, et une paysanne, les cheveux mal coupés sous un bonnet de toile. C'était la nourrice qui m'avait élevée. Elle plissa les yeux et me dévisagea longuement avant de s'exclamer :

— Louise ? C'est y Dieu possible ? Vous voilà devenue une dame à présent...

Je ne savais quelle attitude adopter. Revoir cette femme qui ne m'avait accordé aucune tendresse me coûtait et je n'avais point envie de la saluer chaleureusement.

— En effet, lâchai-je du bout des lèvres.

Tout à coup, la fille fondit en larmes et se jeta contre moi :

— Louise ! me reconnais-tu ? Je suis Fanchon !

— Fanchon ! Quelle joie de te revoir. Je t'ai quittée, tu n'étais qu'un enfançon... Comment vas-tu ?

Elle n'eut pas le temps de me répondre. Sa mère la gourmanda :

— Fanchon, file à l'étable, le père t'attend. Y'a du travail !

Fanchon me coula un regard triste et obéit. Nous n'étions point habituées à discuter les ordres.

Sa mère prit un ton mielleux et poursuivit :

— La vie est si dure pour nous autres ! Fanchon manque de force et Lisette n'a guère de santé... mon mari et moi travaillons pire que des bêtes, mais l'argent manque... Lisette serait en âge de se marier... mais sans dot...

Elle gémissait entre chaque phrase... et, bien que je me sois promis de rester de marbre, cela me chamboula.

— Je... je verrai si je peux vous aider...

Élise, qui n'était pas dupe de la comédie de la nourrice, me donna un coup de coude dans les côtes pour me ramener à plus de lucidité. Je toussotai et je m'enquis :

— Où est Joseph ?

— Joseph ? Il travaille, ma belle. Notre existence à nous, les miséreux, c'est le travail, toujours le travail... On se tue au travail... et pour gagner si peu...

J'étais de plus en plus mal à l'aise.

Pour la première fois sans doute, je pris conscience de la misère des gens du peuple. Certes, cette femme n'avait pas été bonne avec moi, et son mari non plus... mais n'avaient-ils pas des circonstances atténuantes ? Sa misère et sa détresse me touchèrent.

Sentant que je mollissais, Élise questionna :

— Où travaille-t-il ?

— Au champ Lalioure à désherber. Faut pas chercher à le voir. Ce serait pas bon pour lui... Vous êtes plus du même monde... Ça le rendrait triste... Et il a pas besoin de ça...

— Merci, madame, enchaîna Élise avant de me dire assez fort : Venez, partons, nous n'avons rien à faire ici !

Je ne compris pas tout de suite sa ruse. Prise au dépourvu, je fouillai dans mon jupon pour en extraire la bourse que j'avais glissée dans l'une des poches et je la tendis à la nourrice.

— Pour aider Lisette et Fanchon.

Elle me fit une courbette assez ridicule tout en soupesant avec ostentation la bourse de soie :

— Merci pour elles, me répéta-t-elle plusieurs fois.

Élise me poussa presque dans la calèche et fit signe au cocher de fouetter.

— Mais... protestai-je... je ne peux pas partir sans avoir revu Joseph...

— Certes. Savez-vous où est situé le champ Lalioure ?

— Bien sûr...

— Alors guidez le cocher, nous y allons !

Lorsque nous fûmes sorties de la cour malodorante, je montai à côté du cocher et, sans faillir, je lui indiquai la direction du champ. Je reconnaissais chaque arbre, chaque talus... J'avais si souvent parcouru ce chemin avec Joseph, me griffant les bras aux ronces pour cueillir quelques mûres, grimpant aux arbres pour chaparder deux pommes encore vertes, à l'automne pataugeant dans la boue pour guider le porc à la glandée, et l'hiver grelottant de froid, tandis que je cherchais du bois mort. C'était comme un pèlerinage... mais cette fois, j'étais bien nourrie, bien vêtue, et je roulais en calèche... J'eus honte tout à coup d'avoir la chance de ne plus connaître cette vie misérable. Une chance que n'avait point Joseph.

Soudain, je le vis. Au bruit, sans doute fort inhabituel de la calèche, il venait de se redresser, une main appuyée au creux des reins, l'autre tenant une binette de bois. Il regardait dans notre direction en se demandant sans doute qui pouvait venir jusque-là.

J'étais si heureuse de le voir vivant et apparemment en bonne santé que, au risque de chuter, je me mis debout dans la voiture et agitai les bras au-dessus de ma tête.

— Demoiselle ! ne bougez point ! me gronda le cocher qui, d'une main, tira sur le licol pour faire arrêter les chevaux, et de l'autre, agrippa ma jupe pour m'obliger à m'asseoir.

Joseph me reconnut-il ?

En tout cas, il se mit à courir vers la voiture. Je regardai l'homme puissant qu'il était devenu venir vers moi et l'émotion me gagna. À dire vrai, je m'étais presque attendue à retrouver le gamin maigre que j'avais quitté.

Il fut bientôt sur le côté de la voiture, son bonnet à la main. Sans réfléchir, je sautai dans ses bras en riant, les yeux mouillés de larmes.

— Louise ! Louise ! répétait-il.

— Joseph ! Joseph ! répondis-je en écho.

Il se ressaisit presque aussitôt, s'éloigna de moi et bredouilla en patois :

— Euh... excusez-moi... demoiselle... à présent je devrais... vous n'êtes plus...

— Oh, Joseph ! fi des *demoiselle* ! Je suis Louise et je n'ai point changé.

— Dieu que si... et si j'en juge à votre vêture et à la calèche... vous êtes même une demoiselle de qualité. Je regrette de...

Rouge de confusion, il triturait son bonnet de laine troué et bafouillait à qui mieux mieux.

Afin de ne point trop l'impressionner, je cherchai dans ma mémoire le patois qui était la langue de mon enfance. Je retrouvai quelques mots, des expressions me revinrent et je m'efforçai de les glisser dans mon discours.

— Joseph, si je suis revenue en ces lieux, c'est uniquement pour toi. En souvenir des seuls bons moments que tu m'as fait vivre dans mon enfance... Et parce que c'est toi qui m'as fait découvrir le chant.

— Oh, c'était peu de chose...

— Non. C'était tout. Ma voix a changé ma vie...

— J'en suis bien content.

— Alors, maintenant, c'est à moi de changer ton existence.

Il ébaucha un souris timide et un rien moqueur :

— Las, sauf si tu es devenue l'une des fées de ces contes que l'on dit le soir à la veillée... je ne vois pas comment...

— Je ne suis pas une fée... mais ma position me permet de te proposer une place de jardinier à Versailles auprès du roi Louis.

— De... du roi Louis le Grand ? Tu... tu divagues ?

— Non point. M. Le Nôtre est le meilleur jardinier de son temps, et si tu apprends avec lui, ton avenir est assuré.

— Mais comment peux-tu m'offrir un tel établissement ?

— C'est que...

J'hésitais à lui révéler ma véritable identité de peur que, se jugeant indigne de moi, il ne refuse mon offre. Élise prit la parole à ma place :

— Louise n'ose point vous le dire, mais elle a découvert qu'elle était la fille de Sa Majesté et...

Joseph recula d'un pas et, abasourdi, répéta :

— La fille de... de Sa Majesté.

— Oui, murmurai-je, et le roi m'a promis pour vous un poste de jardinier.

— Tu... vous avez parlé de... de moi à Sa Majesté ?

Tout soudainement, il me vouvoya, jugeant sans doute que l'on ne tutoyait pas la fille du roi.

— Si fait. Lorsqu'il m'a demandé quelle faveur il pouvait m'accorder pour m'être agréable, je lui ai dit que j'aimerais... euh te... vous venir en aide.

Je ne savais plus si je devais le tutoyer comme avant ou si je devais commencer à mettre, entre nous, cette distance que les gens de qualité établissent avec le vouvoiement.

— Vous... vous avez fait ça pour moi ?

— Pour toi, oui... en souvenir de ce que nous avons vécu ensemble, et parce que tu es le frère que je n'ai jamais eu.

Il garda à nouveau le silence. Il avait besoin de réfléchir sans doute. Élise et moi fîmes semblant de nous intéresser à un oiseau qui chantait à tue-tête à la cime d'un arbre pour lui laisser un peu de temps.

Quelques minutes plus tard, il sortit de son mutisme :

— Je sais pas si... si je dois accepter... si je serai digne de servir Sa Majesté... si je serai capable d'apprendre à jardiner convenablement... je...

— Tu as toutes les qualités pour être un excellent jardinier.

— Je sais ni lire ni écrire... et je parle mal le français...

— La lecture et l'écriture n'ont aucune importance pour le travail que tu auras à effectuer... quant au français, on le comprend vite lorsque les gens qui vous entourent le parlent. Je l'ai, moi-même, appris en quelques mois.

Je m'approchai de lui, et j'insistai amicalement :

— Alors, Joseph, que dis-tu de ma proposition ?

— C'est que... tout ça est si soudain... faudrait que je demande l'autorisation au père...

— Surtout pas ! Il ne m'a jamais appréciée... alors pour m'humilier, comme par le passé, il refusera ton départ même s'il sait au fond de lui que c'est une chance pour toi.

— Peut-être...

— Si tu restes ici, quel avenir sera le tien ? Tu épouseras une pauvre fille du village qui te donnera beaucoup d'enfants... et tu useras ta santé à travailler pour essayer, sans succès, de les nourrir correctement. En étant jardinier, tu recevras un petit pécule que tu pourras économiser puisque tu seras nourri et logé... si le cœur t'en dit, tu en donneras un peu à ta mère ou tu le garderas pour t'acheter plus tard un lopin de terre.

— Une terre à moi ?

— Oui, j'ai ouï dire que c'était le cas de plusieurs jardiniers qui avaient eu l'avantage de servir M. Le Nôtre.

— Ah ?

— Et si tu te plais à Versailles et que tu n'aies point l'envie de repartir par ici, et si, bien sûr, tu donnes satisfaction à M. Le Nôtre, tu pourras gravir les échelons et devenir responsable de l'orangerie, des bosquets, des parterres, des plantes en pot ou même des fameuses tulipes...

Au fur et à mesure que je parlais, son visage s'éclairait comme s'il se voyait déjà en train de déambuler dans les jardins pour diriger des apprentis sous ses ordres.

— L'orangerie ! rêva-t-il tout haut.

— Alors que décides-tu ?

— Je... je pars. Le temps d'aller chercher quelques vêtements et de dire au revoir à la mère et à mes sœurs et...

— La mère va chercher à te retenir et Lisette et Fanchon vont se mettre à pleurer. Je leur ai offert une bourse et je tâcherai de faire quelque chose pour elles. Il faut partir tout de suite, Joseph, sinon, tu ne partiras point.

Il se balança d'un pied sur l'autre. Un pli de réflexion et d'inquiétude barrait son front. Il savait que j'avais raison. Aussi, après quelques secondes d'hésitation, il lâcha :

— Allons-y.

Élise et moi, nous nous installâmes dans la calèche, il monta à côté du cocher qui fouetta immédiatement les chevaux. Je ne vis pas s'il se retournait pour dire adieu à la terre où il était né. Moi, en tout cas, je ne me retournai point. Mon retour dans ce lieu avait déjà été une épreuve, mais j'étais heureuse d'avoir réussi à convaincre Joseph de me suivre.

Soudain, Élise me dit :

— Espérons que M. Le Nôtre ou M. Dupuis accepteront d'embaucher Joseph, sinon...

Sa réflexion me glaça. Je n'avais point envisagé un échec. Peut-être avais-je été trop confiante ?

13

Nous arrivâmes à Saint-Germain dans la soirée.

Notre escapade avait été plus longue que prévu et nous redoutions que la reine n'ait besoin de nous. Elle aimait que ses dames soient toujours prêtes à répondre à ses moindres exigences.

Durant le voyage, Élise m'avait fait comprendre que je m'étais peut-être engagée à la légère en ce qui concernait l'avenir de Joseph. Les candidats désirant travailler avec Le Nôtre devaient être nombreux et le grand jardinier n'avait que l'embarras du choix.

En attendant d'entrer en contact avec ce monsieur, de faire ma demande et d'obtenir une réponse, il faudrait que je trouve un logement à Joseph.

À Versailles, c'était quasi impossible tant il y avait foule à vouloir habiter là où était le roi. Et que l'on soit gentilhomme ou servante, les auberges des alentours louaient la moindre paillasse à prix d'or... Et parfois même si l'on pouvait payer cher, rien n'était disponible à une lieue à la ronde.

Je l'avoue, toute à la joie de venir en aide à mon frère de lait, je n'avais point envisagé ces difficultés. Aussi, les propos d'Élise me remirent les pieds sur terre et j'affirmai :

— Je dois réussir. Après lui avoir fait miroiter un bel établissement, je ne peux le décevoir.

— Ah, Louise, vous êtes si gentille... Je suis fière et heureuse d'être votre amie, me dit-elle en me piquant un petit baiser sur la joue.

Lorsque nous pénétrâmes dans la cour de Saint-Germain, Joseph sauta du siège du conducteur, baissa le marchepied de la calèche, ouvrit la portière et me dit en me tendant galamment la main pour m'aider à descendre :

— Alors, nous voilà à Versailles !

Le cocher, respectant les consignes de confidentialité que nous lui avions données, n'avait point révélé à Joseph l'endroit où nous étions.

— Non point. Nous sommes à Saint-Germain, car je suis demoiselle d'honneur de la reine d'Angleterre.

— Et quand allons-nous à Versailles voir M. Le Nôtre ?

— Je... je ne le sais pas encore. Il faut d'abord que je lui parle et... cela pourra prendre plusieurs jours.

— Ah ? j'avais cru comprendre qu'il était au courant de ma venue...

— En fait, non... je ne pense pas que Sa Majesté lui ait déjà parlé... c'est donc à moi de le faire. Mais je ne voulais point le solliciter avant de savoir si cela vous convenait.

Instinctivement, devant le château de Saint-Germain, le vouvoiement s'imposa.

— Vous avez raison. Je patienterai.

— Quant à votre hébergement, je... enfin, je...

— Ne vous souciez pas de moi, j'ai l'habitude de dormir n'importe où, dans un bosquet, dans un creux de ravin, au mieux dans une grange...

— Ah, non ! m'insurgeai-je, il ne sera pas dit que je vous aurai laissé dehors !

— Personne ne dit cela. Seulement, je mets un point d'honneur à me débrouiller seul. Alors, je vous en prie, ne vous souciez pas de moi.

— Pour les repas, je vous ferai porter une bourse qui vous permettra d'acheter de la nourriture dans l'une des nombreuses échoppes installées contre les grilles du parc.

— Non, me répondit-il sèchement, je refuse... je ne suis pas un de ces... de ces mignons que l'on entretient ! J'ai accepté cette place de jardinier qui changera mon existence parce qu'elle me permettra d'envisager un meilleur avenir, mais je refuse que vous me traitiez comme un miséreux. Je louerai donc mes bras pour gagner de quoi me nourrir.

— Ah, Joseph... vous êtes un homme de cœur... Je vous sais gré de ne point m'occasionner de tracas...

— Lorsque vous aurez la réponse de M. Le Nôtre, portez-la-moi. Je vous attendrai tous les jours à l'endroit et à l'heure de votre choix.

Du regard, je consultai Élise.

— Il me semble que le meilleur moment est celui du souper de la reine vers sept heures, proposa-t-elle.

— Effectivement, approuvai-je. Retrouvons-nous devant la grotte du Dragon.

— Je n'aurai sans doute aucun mal à trouver cet endroit.

— Il est connu de tous. Mais laissez-moi le temps d'agir et revoyons-nous dans une semaine.

— Au revoir, Louise, et merci.

— Au revoir, Joseph... prenez soin de vous... à bientôt... je...

En fait, je n'étais pas sûre de moi. Pas sûre de pouvoir obtenir ce poste de jardinier. La responsabilité qui m'incombait m'écrasait. Quelle honte ce serait si Joseph, par ma faute, devenait l'un de ces crève-misère attirés par les fastes de la cour et qui survivent de la mendicité quand ils ne meurent pas de faim et de froid en hiver.

Les jours suivants, je cherchai comment entrer en contact avec M. Le Nôtre. J'avoue que si je m'extasiais toujours devant les parterres de fleurs de Versailles ou de Saint-Germain, je n'avais jamais cherché à en savoir plus sur leur concepteur et je ne connaissais le contrôleur général des bâtiments du roi que de nom. Je ne l'avais jamais rencontré et j'ignorais même à quoi il ressemblait, s'il était jeune ou vieux. Élise était aussi ignorante que moi.

Ma mère, qui avait vécu à la cour, devait pouvoir me renseigner, et lors d'une visite que je lui fis un après-dîner, je la questionnai à ce sujet après lui avoir narré ma visite chez la nourrice.

— M. Le Nôtre est bien vieux. J'ai ouï dire qu'il s'était retiré dans sa maison sise près du palais des Tuileries et qu'il ne s'occupait plus que de son propre jardin.

— J'avais espéré le rencontrer à Versailles afin de lui présenter ma requête.

— Sa Majesté lui demande parfois comme une faveur de venir faire avec lui le tour de ses jardins. Les deux hommes s'apprécient beaucoup. Le roi se targue d'être un fin connaisseur des arbres et des plantes et M. Le Nôtre a la sagesse de le lui laisser accroire. Vous pourriez donc, un jour ou l'autre, croiser le jardinier en train de pousser le fauteuil à roulettes du roi...

— Certes, mais il m'ennuie de faire attendre Joseph trop longuement. Il refuse mon aide et, pour l'heure, il couche je ne sais où et il ne doit pas manger tous les jours à sa faim.

— Allez donc à Paris. Je gage que le sieur Le Nôtre acceptera de vous recevoir. Et si vous savez bien plaider votre cause, ce dont je ne doute pas, Joseph aura bientôt une place.

Je lui sautai au col pour l'embrasser. Ses encouragements me faisaient chaud au cœur.

Quelques jours plus tard, toujours en compagnie d'Élise, je me rendis à Paris dans la calèche prêtée par la reine Marie. Je lui avais expliqué la mission que je m'étais fixée et elle m'avait répondu :

— Vous êtes la bonté même ! Et pour apporter ma modeste participation à cette œuvre de charité, je vous offre votre journée de liberté ainsi que ma calèche et mon cocher. Élise sera votre chaperon, car il n'est pas de bon goût qu'une demoiselle de qualité coure seule les rues de la capitale.

J'avais chaleureusement remercié la reine.

Élise était tout excitée à l'idée de ce voyage à Paris.

— Mère dit que l'air y est malsain, qu'il y a des tire-laine à tous les carrefours, que les rues sont impraticables tant il y a de voitures et qu'elles sentent si mauvais qu'on ne peut respirer qu'en tenant un mouchoir parfumé sous les narines. Alors nous n'y allons jamais ! Pourtant, c'est le lieu où ont vécu nos plus grands rois ! Les monuments doivent être autrement plus grands et plus beaux que le château de Saint-Germain... Je voudrais entrer dans Notre-Dame, voir les théâtres aussi, traverser la Seine sur le Pont-Neuf[1], déambuler, comme tous les Parisiens, sur le Nouveau Cours construit sur les anciens remparts par M. Colbert et...

Son enthousiasme me fit sourire, mais je l'interrompis :

— Nous n'aurons point de temps pour les visites.

— Las, je le sais bien... je rêvais seulement à haute voix !

À l'entrée de la capitale, une embardée nous avait projetées l'une contre l'autre en nous faisant crier de peur ! Le cocher avait quitté son siège pour s'excuser et nous expliquer qu'il avait dû tirer fortement sur les rênes pour éviter un carrosse à six chevaux, lancé à grande allure et qui lui avait coupé le chemin.

Enfin, il s'arrêta devant le palais des Tuileries et, désignant une porte cochère, il déclara :

— Voici le pavillon de Pomone où réside le sieur Le Nôtre.

— Les Tuileries ! s'exclama Élise.

1. Le Pont-Neuf est le premier pont à traverser la Seine dans toute sa largeur, reliant la rive gauche à la rive droite à l'extrémité occidentale de l'île de la Cité. Il dispose de trottoirs (les premiers à Paris). En mai 1578 la première pierre est posée, mais il ne sera achevé qu'en juillet 1606.

Elle se recula de quelques pas pour mieux admirer la longue façade et soupira :

— Et dire que je ne suis jamais entrée dans ces bâtiments. Mère m'affirme que le palais du Louvre qui jouxte celui des Tuileries est bien plus grand et plus beau que Versailles. Si le roi avait choisi d'habiter ces lieux, les courtisans ne seraient point obligés de s'entasser dans de minuscules chambres sous les toits pour bien faire leur cour ! Ici, il y a de la place !

Puis se rappelant que j'étais la fille de Sa Majesté et craignant que cette critique ne m'ait blessée, elle s'empressa d'ajouter :

— Mais Versailles est vraiment l'œuvre de Sa Majesté et je comprends qu'elle s'y plaise beaucoup.

Un majordome nous ouvrit et, après que nous eûmes décliné notre identité, il nous fit attendre dans une antichambre.

Quelques minutes plus tard, il nous introduisit dans une pièce où le sieur Le Nôtre, assis sur une chaise à bras, le dos légèrement voûté, les traits burinés par le soleil, nous accueillit fort aimablement :

— Que me vaut le plaisir de la visite de deux charmantes demoiselles dans ma retraite ?

— Je vous remercie, monsieur, d'accepter de nous recevoir, commençai-je. J'ai une requête à vous formuler.

— Je vous écoute, mademoiselle de Maison-blanche.

Je vis, dans le regard qu'il posa sur moi, qu'il était au courant de ma véritable identité. J'en fus soulagée, car cela aurait été une difficile épreuve si j'avais dû lui apprendre que j'étais la fille cachée de Sa Majesté.

— J'aimerais aider un ami à obtenir un établissement de jardinier. Il n'a aucun appui en dehors de moi, mais il sait travailler la terre et ne demande qu'à bien vous servir. J'ai parlé de lui à mon... à Sa Majesté qui m'a proposé une place pour Joseph... Las, le roi a d'autres sujets de préoccupation.

— Il est vrai. Sa Majesté n'a point évoqué ce garçon... pourtant, il y a quelques jours encore, j'ai partagé sa promenade dans les jardins que nous avons façonnés tous les deux.

— J'ai donc décidé de prendre en main le destin de ce jeune homme.

— Je dois vous dire que je ne m'occupe plus de rien à Versailles. J'ai cédé, depuis peu, ma charge à mon neveu, Jean-Michel Le Bouteux[1].

— Oh, cela est fâcheux...

— Non point. Afin de vous être agréable, je proposerai ce... Joseph, n'est-ce pas ?... à mon neveu.

1. Jean-Michel Le Bouteux (1648-1694) devient contrôleur général des bâtiments et jardins du roi en 1692.

Présentez-vous tous les deux à lui dans une dizaine de jours. Si votre protégé sait tenir un râteau et une bêche, il sera engagé.

Je me confondis en remerciements.

Le soir même, je courus jusqu'à la grotte du Dragon. Joseph y était déjà. Comme je m'en étonnais, il me répondit :

— Je te... vous avais dit que j'y serais chaque soir...

— J'ai vu M. Le Nôtre. Il n'est plus en charge des jardins. Son neveu le remplace. Mais il m'a promis que, d'ici dix jours, vous auriez une place de jardinier.

— Oh, les promesses... elles ne coûtent pas grand-chose à ces gens-là...

Je m'insurgeai :

— Voyons, Joseph, M. Le Nôtre est un homme de parole...

Mais rien ne me permettait d'être aussi catégorique. Afin de ne pas me laisser gagner par le doute, j'enchaînai :

— Avez-vous trouvé à vous loger ? Mangez-vous à votre faim ? Avez-vous besoin de quelque chose ?

— Je me débrouille. Je n'ai besoin de rien, hormis d'un travail honnête... parce que si je veux devenir voleur, mendiant aveugle ou estropié... il y a de l'emploi par ici ! Dame, tout ce beau monde qui grouille autour du château attire les filous !

— Grand Dieu, non ! Patientez quelques jours.

— Je crains fort d'avoir abandonné ma famille et la misère pour une autre misère loin des miens.

— Non, non, soyez confiant.

Lorsque je le quittai, j'étais nerveuse. Pourvu que M. Le Nôtre et son neveu ne nous oublient point !

Je passai dix jours éprouvants et pourtant bien remplis.

J'étais occupée, avec les autres dames, à distraire la reine. Je chantai pour elle et je me rendis même à Versailles lors d'une soirée d'appartement, car le roi avait demandé que la musique de la chambre interprète quelques airs.

Je ne pus donc point aller à la grotte pour rencontrer Joseph et j'étais fort inquiète de n'avoir point de ses nouvelles. Je craignais qu'il n'ait sombré dans la débauche pour se sortir de la misère ou qu'il ne soit reparti dans sa province ! Je me reprochais de n'avoir pas assez insisté pour qu'il accepte quelques louis qui lui auraient permis d'obtenir un hébergement et de la nourriture.

Mon humeur s'en ressentait et ma voix aussi. Mon maître de chant me reprocha ses tremblements et son manque de justesse dans les aigus. Je prétextai la fatigue pour m'excuser.

Et puis, un après-dîner, la reine émit le désir de s'aller promener sur la terrasse dominant la Seine avec quelques-unes de ses dames. Élise et moi fûmes choisies. Protégées par nos ombrelles, nous traversâmes le parc d'un pas nonchalant. Sa Majesté s'arrêta un instant pour admirer un nouveau parterre de fleurs et, remarquant un gentilhomme, un parchemin à la main, en train de donner des ordres à un groupe de jardiniers, elle l'interpella :

— Monsieur, ne seriez-vous point le nouveau maître de nos jardins ?

— Si fait, Votre Majesté. Je suis Jean-Michel Le Bouteux, neveu de M. Le Nôtre, et je n'ai d'autre ambition que d'être aussi bon jardinier que lui.

Une bouffée de chaleur m'empourpra. Ainsi, j'étais en présence de l'homme qui pouvait sauver Joseph. Comment lui parler ?

— Fort bien, monsieur, reprit la reine, continuez donc à nous charmer avec toutes vos fleurs. J'adore les tulipes et je veux pour ce printemps que Saint-Germain en possède les plus belles.

— J'ai envoyé en Hollande un acheteur qui choisira pour Versailles et Saint-Germain ce qu'il y a de plus beau et de plus cher.

La reine prit un ton mutin et insista :

— Faites en sorte, monsieur, que celles plantées à Saint-Germain aient les couleurs les plus somptueuses !

Le Bouteux garda le silence mais inclina la tête d'un air entendu.

La reine se tourna alors vers moi et du même ton badin me dit :

— J'espère, mademoiselle de Maisonblanche, que vous saurez garder ce secret.

— Certainement, Votre Majesté.

En entendant mon nom, M. Le Bouteux eut un haussement de sourcils. Sans doute encouragé par la décontraction de la reine, il s'adressa à moi :

— Ah, mademoiselle, je suis bien aise de vous rencontrer car j'avais une information à vous communiquer.

La reine, qui se souvenait de mon projet concernant Joseph, par discrétion, avança de quelques pas, entraînant les autres demoiselles d'honneur à sa suite.

Je m'inquiétai. Qu'allait donc m'annoncer le jardinier ?

— Mon oncle m'a entretenu de votre souhait au sujet d'un jeune garçon de vos amis... Afin de vous être agréable, bien que ce garçon ne soit pas présenté par ses parents ni même recommandé par un gentilhomme l'ayant déjà eu à son service, je consens à l'engager...

— Oh, je vous en remercie mille fois, monsieur.

— Mais attention, s'il est paresseux, buveur ou incompétent, je le chasserai. Je reçois des centaines de demandes par semaine !

— Vous n'aurez pas à vous plaindre de lui. J'en réponds comme de moi-même.

— Eh bien, qu'il se présente demain à Versailles à la porte de l'orangerie. Nous lui donnerons une bêche et nous verrons comment il s'en sert !

La journée me parut abominablement longue. J'eus du mal à cacher ma nervosité et mon impatience. Pourvu que Joseph n'oublie pas de venir à la grotte ! Pourvu qu'il ne soit pas parti ! Pourvu qu'il ne lui soit rien arrivé de fâcheux !

Trois soirs d'affilée, je n'avais pas pu me rendre à notre rendez-vous.

Vers les sept heures de relevée, je courus à la grotte du Dragon. J'espérais que personne ne m'épiait. Car si quelqu'un avait surpris mes rencontres avec Joseph, il pouvait en profiter pour me nuire. Rumeurs et calomnies ont si vite fait de salir votre réputation !

Je l'aperçus de loin. J'étais si heureuse qu'oubliant mes craintes, j'agitai joyeusement les bras au-dessus de la tête pour lui faire comprendre que j'avais une bonne nouvelle.

— Alors ? m'interrogea-t-il lorsque j'arrivai près de lui.

— Le sieur Le Bouteux vous prend dans son équipe à Versailles. Il vous attend demain devant l'orangerie.

— Je vous félicite. Et qu'en est-il de ce cousin qui vous accompagne ?

— C'est un valeureux corsaire.

— Je n'en doute pas... mais ce n'était pas l'objet de ma question.

— Un tendre sentiment nous unit. Nous le cachons de notre mieux, car, pour l'heure, seule la passion de la mer doit nous animer afin de bien servir le roi.

À son tour, Henriette m'interrogea sur ma vie depuis que j'avais quitté Saint-Cyr. Je lui en fis un rapide résumé et je terminai en disant :

— Bertrand et moi allons bientôt nous marier. Mon bonheur serait complet si, à cette occasion, je pouvais revoir toutes mes compagnes de Saint-Cyr.

— Voilà une excellente idée. J'aurais, moi aussi, beaucoup de plaisir à savoir ce que sont devenues Charlotte, Hortense, Isabeau, Éléonore et toutes les autres.

— Alors, rendez-vous dans quelques mois !

— Si aucun armement en course ne nous est proposé et si la mer ne nous a pas engloutis, vous pouvez compter sur moi !

— Je vais donc prier pour que la mer soit clémente et qu'aucune mission ne vous échoie.

Premier bal à Versailles

1674.

Marie-Anne, élevée loin de la cour, apprend qu'elle est la fille du Roi Soleil. Prévenue des dangers d'une vie fastueuse, Marie-Anne s'apprête à découvrir Versailles et à faire son entrée dans la lumière.

Soudain, tous les regards se tournent vers elle…

Un traître à versailles

La cour a suivi le roi à la guerre. Versailles vidé de ses habitants, Marie-Anne et Louis sont seuls. Ils profitent de leur liberté pour partir à la découverte du château et du parc. Mais à plusieurs reprises, Marie-Anne surprend d'étranges conversations. Un complot semble se nouer : le roi est en danger, la monarchie est menacée. La jeune princesse mène l'enquête…

14

Je n'avais compté que sur moi pour assurer l'avenir de Joseph et je m'étonnais même d'avoir réussi, car ma position à la cour n'était guère enviable.

Bien sûr, dans son particulier, le roi me recevait de temps en temps, mais je me demandais si je ne devais pas cette faveur à Mme de Maintenon qui, depuis toujours, appréciait ma discrétion, ma sagesse et ma voix.

De ce fait, je ne me sentais point à l'aise avec les gens de cour. J'avais l'impression qu'ils médisaient de moi, qu'ils se gaussaient de ma situation. J'en souffrais, même si je m'efforçais de garder la tête haute.

Mon grand bonheur était de chanter pour le roi. Je chantais uniquement pour lui parce que je

savais qu'il goûtait les belles voix. C'est pour lui que je faisais des gammes à longueur de journée, pour lui que je répétais inlassablement les mêmes partitions.

Mais quelle joie, quelle émotion aussi lorsque, pour son plaisir, nous étions conviés, devant quelques intimes de Sa Majesté, à interpréter une pastorale de Marc-Antoine Charpentier[1], ou quelques beaux motets. J'y mettais tout mon cœur et mon savoir-faire. Et quand le roi nous remerciait d'un souris ou d'un mot, j'avais l'impression que mon esprit s'envolait. Il ne faisait jamais de distinction entre moi et les autres chanteuses. Mais il me semblait que son souris était plus doux lorsqu'il me regardait... et cela suffisait à me combler.

Comme tous les chanteurs et les musiciens de la chambre du roi, nous servions par quartier sous les ordres d'un maître de musique. Michel-Richard de Lalande[2] servait de janvier à juin et Michel Lambert de juillet à décembre. J'étais dans le chœur dirigé par M. de Lalande, ce qui fait que de juillet à décembre je regagnais Saint-Germain avec grande joie et je reprenais mon rôle de demoiselle d'honneur de Marie de Modène, reine d'Angleterre, que nous nous évertuions à distraire. Lorsqu'elle en

1. Marc-Antoine Charpentier (1643-1704) : musicien et compositeur français.
2. Michel-Richard de Lalande (1657-1726) : musicien et compositeur français.

manifestait le désir, j'interprétais pour elle quelques chants.

Ma vie était loin d'être désagréable !

Un après-dîner, je me trouvais à Versailles, car le roi avait convié la musique de la chambre pour la soirée d'appartement. Sous la direction du maître de chœur, Marguerite, Jeanne et moi avions répété durant de longues heures plusieurs pastorales joyeuses et vives de Charpentier.

— À présent, laissez reposer votre voix, nous avait conseillé le sieur Lalande.

Nous sortîmes donc toutes les trois dans le jardin avec l'intention de nous asseoir à l'ombre d'un bosquet. J'espérais croiser Joseph qui, il me l'avait confié quelques jours plus tôt, donnait toute satisfaction au sieur Le Bouteux.

Nous n'avions pas fait trois pas que j'aperçus Bertrand, en train de fouiller le parc du regard, les mains en visière au-dessus des yeux.

Quelle joie de le voir ici !

Mes deux compagnes s'éclipsèrent discrètement et, m'approchant sans bruit dans le dos de mon promis, je le grondai faussement :

— Eh bien, monsieur, je vous surprends dans la position du chasseur guettant sa proie.

Il sursauta, se retourna et me sourit :

— C'est vous que je guettais, ma mie... et voilà que la providence vous met sur mon chemin. Je

reviens de la Petite Écurie où je suis allé saluer le sieur Du Vernet Duplessis, Premier écuyer[1]. C'est grâce à ce monsieur, qui a eu la grande bonté de me prendre en amitié, que je suis devenu capitaine de cavalerie, puis lieutenant au régiment de monseigneur le duc de Bourgogne.

— Oui, vous me l'avez déjà narré.

— Alors profitons de ce moment qui nous est offert pour faire quelques pas ensemble.

Je posai ma main sur son poing et nous avançâmes. Il y avait presse. Puisque le roi était dans son château, les gens avaient envahi les allées dans l'espoir de le voir lorsqu'il ferait sa promenade, et peut-être de lui glisser un placet, de débiter un compliment, de lui faire une belle révérence...

Bertrand dirigea ses pas vers le bosquet de l'Étoile afin d'y chercher un peu de calme et, peut-être, me voler un baiser... Enfin, c'est ce que j'imaginais... J'en frémissais de joie par avance.

Nous croisâmes alors deux gentilshommes.

— Louise ! me lança tout à coup l'un d'eux en s'arrêtant à ma hauteur.

Quel homme pouvait avoir l'outrecuidance de m'interpeller ainsi, alors que j'étais avec mon promis ? Je regardai celui qui m'avait parlé. Je ne le connaissais point. Pourtant, les traits de son visage me rappelaient quelqu'un... mais qui ?

1. Appelé aussi M. le Premier. Lire *Gabrielle, demoiselle d'honneur.*

Bertrand m'interrogea avec, me sembla-t-il, une pointe de jalousie :

— Connaissez-vous ce gentilhomme ?

Prise au dépourvu, je bafouillai :

— Heu... il ne me semble pas... pourtant...

Me voyant dans l'embarras, le jeune homme expliqua :

— C'est que j'ai une sœur, Henriette de Pusay, qui a été élevée dans la Maison royale de Saint-Cyr.

Heureuse de rencontrer quelqu'un de la famille d'une de mes anciennes amies, je l'interrogeai :

— Henriette ! Comment va-t-elle ?

Le jeune homme se troubla quelque peu et me répondit :

— Bien, je...

À ce moment-là, le deuxième gentilhomme se présenta :

— Je suis Luc-Henri de Pusay, son cousin. Nous sommes corsaires au service du roi et du capitaine Jean Bart qui vient de recevoir des mains de Sa Majesté la croix de chevalier de Saint-Louis[1].

Bertrand à son tour se présenta. Pendant ce temps, je dévisageais le frère d'Henriette. Il avait un visage fin et volontaire. Il me décochait d'étranges petits souris.

Tout à coup, des éclats de voix retentirent dans un bosquet proche et le bruit métallique de deux

---

1. Lire *Un corsaire nommé Henriette.*

épées qui s'entrechoquaient interrompit notre conversation.

— Seigneur, mais l'on se bat dans ce bosquet ! s'insurgea Luc-Henri, allons voir, monsieur, proposa-t-il à Bertrand.

Bertrand n'hésita point et tous deux filèrent pour essayer d'empêcher le duel, interdit par un édit royal. Si les bretteurs[1] étaient découverts, ils risquaient la prison ou même la mort.

Dès que nos compagnons eurent disparu, le jeune homme s'approcha de moi et me dit à voix basse :

— Louise, je n'ai point de sœur du nom d'Henriette. Je suis Henriette et c'est avec moi que vous étiez à Saint-Cyr.

— Ah, j'en étais certaine ! Henriette nous a toujours affirmé qu'elle n'avait point de frère. Mais, mon amie, pourquoi ce déguisement ?

— Ce n'en est point un. Je suis devenue corsaire pour rendre l'honneur à mon père qui n'avait point de fils.

— Y êtes-vous parvenue ?

— À l'instant même. Le roi vient de me nommer lieutenant de vaisseau et de m'octroyer une pension.

---

1. Personnes aimant se battre à l'épée.

— Vrai ?

— Vrai de vrai. Vous voilà jardinier du roi !

Il me saisit par la taille et, comme lorsque nous étions enfants, il me fit tourner, tourner dans ses bras !

15

Las, mon cœur fut déchiré par un bien triste événement.

Ma mère, que j'avais cherchée si longtemps et que j'avais enfin retrouvée, mourut bien trop tôt dans sa demeure de Paris.

Je jugeais le destin fort cruel de me l'ôter si vitement. Mais j'eus la satisfaction d'avoir pu adoucir ses derniers instants par ma présence.

Sentant sa fin proche, elle m'avait fait venir auprès d'elle avec Bertrand.

— Ma chère Louise, m'avait-elle dit, la vie n'a point été facile pour vous... J'ai ma part de responsabilité, je vous en demande le pardon...

Retenant mes sanglots, je lui avais saisi la main pour la baiser afin de lui montrer que mon pardon lui était accordé depuis longtemps.

— ... mais j'ai toujours veillé sur vous, même de loin... à présent, c'est du ciel que je le ferai. Quant à vous, monsieur de Prez, je vous confie ma fille. Rendez-la heureuse, elle le mérite grandement.

À peine nous avait-elle donné sa bénédiction qu'elle s'éteignit doucement, le visage empreint d'une grande sérénité.

Bertrand m'avait serrée contre lui et je m'étais laissée aller à ma peine entre ses bras protecteurs.

Dans cette difficile épreuve, la reine Marie me soutint comme l'aurait fait un membre de ma famille. Je pus aussi compter sur la douce assistance d'Élise et de Joseph, et bien sûr de Bertrand. Mais aucune manifestation de la part du roi et de Mme de Maintenon. Il faut dire que le décès de Claude Des Œillets ne fut pas ébruité. Après le scandale qui l'avait si durement touchée, ma mère avait vécu dans l'anonymat et c'est ainsi qu'elle termina sa vie.

Je suppose que la police, toujours au courant de tout, avait dû informer le roi. Mais il préféra ignorer la mort de celle dont il avait décidé d'effacer le souvenir. Cela me chagrina, j'aurais apprécié un mot de compassion. Mais même s'il était mon père, il était avant tout le roi et un roi ne peut s'attendrir au décès d'une de ses anciennes maîtresses soupçonnée d'être une empoisonneuse.

La reine d'Angleterre et la jeune princesse Louise-Marie âgée de huit ans, sans doute dans le but d'atténuer ma peine, me demandèrent à plusieurs reprises de leur interpréter quelques cantiques.

Absorbée par mon chagrin, je n'y avais pas vraiment le goût, mais je devais me plier à leurs désirs. Petit à petit, je m'aperçus que le chant m'aidait à supporter ma douleur, car mon esprit s'évadait en même temps que les notes s'échappaient de moi.

Louise-Marie était une enfant fort avenante. Elle m'avait prise en amitié et réclamait souvent ma présence. Elle voulait que ce soit moi qui lui enseigne le chant, et bien que je ne sois pas qualifiée, je m'y employais avec zèle. Nous mêlions souvent nos voix pour le plaisir de la reine sa mère, du roi et du jeune prince Jacques-François. Il avait quatre ans de plus que sa sœur. Mais si Louise-Marie était vive et enjouée, son frère était souvent triste et renfermé comme l'était le roi son père. Il faut dire qu'apprendre son futur métier de roi loin de son pays sans savoir s'il pourrait, un jour, monter sur le trône d'Angleterre ne devait pas être très gai. Je mettais donc tout mon talent à essayer de le distraire et j'essayais toujours de choisir des airs joyeux lorsque je savais que le prince serait présent.

Bien entendu, je me devais d'assurer également ma charge de musicienne de la chambre du roi et je m'en acquittais de mon mieux.

Lors d'une soirée d'appartement où nous avions interprété quelques pastorales pour saluer l'arrivée du printemps, le roi, en nous félicitant, s'approcha de moi et me dit :

— Nous savons, mademoiselle, la perte que vous venez de subir et nous compatissons.

Je plongeai dans une révérence pour cacher les larmes qui me montaient aux yeux...

Pour n'importe qui, ce n'était qu'une banale phrase de courtoisie. Pour moi, elle venait de mon père et c'était comme s'il m'avait serrée dans ses bras.

Après avoir laissé le temps adoucir un peu ma peine, Bertrand m'avait dit :

— Votre mère m'a confié une importante mission : que je vous rende heureuse ! Pour cela, il faut que j'aille solliciter auprès de votre père l'autorisation de vous épouser.

J'avais levé la tête vers son visage et, pleine d'espoir, j'avais murmuré :

— Oh, oui, s'il vous plaît. J'ai hâte d'être votre épouse.

— Grâce à l'intervention du sieur Bontemps[1], premier valet de chambre du roi, un ami de notre famille qui sait notre impatience à nous unir, le roi m'a accordé l'audience que j'avais si ardemment sollicitée.

---

1. Alexandre Bontemps (1626-1701) est nommé premier valet de chambre de Louis XIV en 1659. Il devient le confident du roi, qui lui accorde toute sa confiance.

— Alexandre Bontemps est un homme de cœur. Il connaît mon histoire et m'a toujours montré de l'amitié tout en étant d'une discrétion exemplaire.

— Sa Majesté va donc recevoir mon père, Jacques de Prez, qui demandera, en mon nom, la permission d'avoir l'honneur de vous épouser. Vous le savez, ma mie, je n'aurai pas droit à la parole, mais par faveur spéciale, j'accompagnerai mon père, et dès que possible, je viendrai vous conter cette entrevue.

Comme il se doit, je n'assistai pas à l'entretien. Le destin des filles se joue toujours hors de leur présence.

J'attendis dans la première antichambre, marchant nerveusement d'une fenêtre donnant sur les jardins à la porte. Les plates-bandes rectilignes et les massifs de fleurs colorées ne parvenaient point à retenir mon attention. Je cherchai Joseph du regard afin d'échanger avec lui un signe de connivence qui m'aurait réconfortée, mais je ne le vis point.

Je craignais que mon père ne m'ait donné un peu à la légère son consentement le soir où il m'avait offert la broche, il y avait plusieurs mois déjà.

Après réflexion, il avait pu me promettre à un autre gentilhomme qui, flatté que sa future épouse ait du sang bleu dans les veines, se serait attaché à mieux servir son roi.

Les parents, qu'ils soient bourgeois, nobles ou même paysans, marient leurs enfants au mieux de leurs intérêts sans se soucier le moins du monde de solliciter leur avis. Je ne l'ignorais pas et je ne voyais pas pourquoi j'échapperais à cette abominable règle.

J'étais à demi morte d'angoisse.

L'attente me parut interminable. Pourtant, Bertrand me confia que l'entretien n'avait pas duré plus de dix minutes, mais qu'il avait longtemps patienté dans la deuxième antichambre, car, avant lui, un bavard retenait le roi. Il avait d'ailleurs craint que cet incident ne lui porte préjudice.

— Alors ? lançai-je, nerveuse, dès qu'il entra dans la pièce.

— Sa Majesté nous donne son accord. Il vous octroie une dot de quarante mille livres et vous offre le château de Sauvage pour vous y établir. C'est l'abbé de Brisacier, curé de Montfort-l'Amaury, qui nous unira. La date a été fixée au 17 du mois d'avril.

— Est-ce que le roi sera l'un de nos témoins ?

— Ah, ma mie, mon père n'a pas osé solliciter le roi sur ce point et Sa Majesté n'en a pas manifesté le désir. Le sieur Bontemps qui nous a raccompagnés dans l'antichambre nous a promis d'être notre témoin.

— Nous ne signerons point non plus notre acte de mariage dans la chambre du roi comme c'est l'usage pour les princes et princesses du sang...

— Non.

Déçue, je soupirai, mais Bertrand enchaîna :

— Songez que si princes et princesses se retrouvent bien dans la chambre royale ils sont souventes fois contraints au mariage avec un partenaire qu'ils n'ont pas choisi... Ce n'est pas un destin que je leur envie ! Nous, c'est un tendre sentiment qui nous unit, alors qu'importe le lieu et qu'importe nos témoins...

Le souris me revint et je répondis :

— Oh, vous avez mille fois raison !

— Alors puisque Sa Majesté vous offre la demeure de Sauvage, c'est là que nous nous marierons, entourés de l'affection de mes parents et de mes amis.

— De nos amis, mon cher ! J'aurais plaisir à convier quelques-unes des compagnes qui ont partagé ma vie à Saint-Cyr.

— Bien sûr. Je gage que le duc du Maine qui m'assure de son amitié tiendra à être présent.

— Et peut-être que la reine et ses dames me feront l'honneur d'y participer aussi... J'aurais tant voulu que ma douce mère soit avec moi.

— Je le sais, ma mie, et je partage votre peine... mais vous ne serez point seule. Des gens de qualité se déplaceront pour nous féliciter.

Certes, mais j'aurais de loin préféré que mon père soit à mon côté pour participer à cette journée sanctifiée entre toutes. Il m'avait si souvent manqué !

Je cachai le mieux possible ma détresse à Bertrand pour ne pas l'affecter. Il était si doux et prévenant !

Nous sortîmes ensemble dans les jardins.

— Marchons jusqu'à la fontaine de Latone, cela vous fera du bien, me proposa-t-il.

J'aurais sans doute dû refuser. Nous n'étions point mariés et aucun chaperon ne nous accompagnait, ce qui était contraire aux bonnes mœurs.

Mais qui se souciait de moi ? Plus ma tendre mère et point mon père... j'étais donc libre de vivre comme je l'entendais.

Ma tension nerveuse avait été si grande et le bonheur de pouvoir bientôt épouser l'homme que j'aimais était si intense qu'un accès de folie s'empara de moi. Je lâchai le bras de Bertrand et, courant par-devant lui, je criai :

— Attrapez-moi si vous voulez m'épouser !

Sans ralentir ma course, tenant mes jupons et ma jupe à deux mains, je me retournai pour observer sa réaction et, malencontreusement, je heurtai une demoiselle qui poussa un petit cri de surprise. La dame qui l'accompagnait la retint par le bras pour empêcher sa chute.

Confuse, je m'excusai aussitôt :

— Oh, je vous prie de me pardonner, je...

Je mis une fraction de seconde à reconnaître Isabeau vêtue de la sobre tenue des filles de la Charité et Mme de Maintenon habillée, comme à son habitude, de soie sombre agrémentée de dentelle noire. La croix d'or offerte par les élèves de Saint-Cyr brillait à son col. Je rougis de honte et m'inclinai vitement devant la bienfaitrice de Saint-Cyr.

— Eh bien, mademoiselle de Maisonblanche, me tança la marquise, avez-vous déjà oublié l'éducation que vous avez reçue dans notre Maison ?

— Non point, madame, dis-je, mais la bonne nouvelle que je viens d'apprendre m'a fait courir de joie sans regarder où me portaient mes pas...

— De quoi s'agit-il ? m'interrogea Isabeau.

— Sa Majesté vient de donner son consentement pour que j'épouse Bertrand de Prez.

Mon promis s'approcha de nous, s'inclina devant Mme de Maintenon et déclara :

— C'est un grand honneur pour moi que Sa Majesté accepte mon union avec Mlle sa...

Il s'interrompit, rougit à son tour de la bévue qu'il allait commettre en mentionnant que j'étais la fille du roi, ce que tout le monde était censé ignorer, et termina sa phrase :

— ... Mlle Louise de Maisonblanche.

La marquise, dont les sourcils s'étaient froncés, retrouva un visage impassible et ajouta :

— Sa Majesté a eu la bonté de me demander mon avis sur cette union et j'y ai été favorable.

— Ah, Madame, s'exclama Bertrand, nous vous en remercions bien sincèrement.

Je saisis la main de la marquise et je la baisai avec ferveur afin de lui montrer ma reconnaissance.

Nos marques de satisfaction et de respect eurent l'heur de lui plaire, car elle poursuivit :

— Décidément, les mariages sont dans l'air !

Sans réfléchir, je coupai :

— Isabeau ! Vous allez vous marier aussi ?

La marquise fronça à nouveaux les sourcils. Isabeau me tira de ce mauvais pas en précisant :

— Non point. Ma vie que j'ai vouée à servir les plus pauvres me comble pleinement.

— Voyons, Louise, me gronda Mme de Maintenon, je vous ai connue plus mesurée.

— C'est que mon impulsivité vient de mon bonheur et...

La marquise chassa mes explications d'un geste de la main. Elle allait passer son chemin sans me livrer l'information que j'avais interrompue. Comme je me doutais bien qu'il s'agissait de l'une de nos compagnes de Saint-Cyr, je m'enhardis à insister :

— Vous parliez de mariages...

— J'ai reçu tantôt un billet d'Éléonore d'Aubeterre m'annonçant son union avec un certain

Johann Böttger, directeur d'une manufacture de porcelaine à Meissen en Saxe[1].

— Mais ne devait-elle pas épouser le baron Georges von Watzdorf, ambassadeur de Saxe ? demanda Isabeau.

— En effet. Las, le baron est décédé à peine était-il arrivé dans son pays. Paix à son âme.

Pour faire bonne figure, je me signai vitement. Mais la mort de ce vieux barbon qui n'aurait point fait le bonheur d'Éléonore ne m'attristait point outre mesure. Je n'ignorais pas que c'était un mariage arrangé par Mme de Maintenon, qu'Éléonore avait été contrainte d'accepter. J'avais envie d'en savoir plus, et comme mon bonheur me donnait des ailes, j'osai persévérer :

— Connaissez-vous ce M. Bot... Botguer ?

— L'un de mes amis qui s'est rendu à Leipzig pour l'impressionnante foire de Pâques ne tarit pas d'éloges sur ce jeune Böttger. Il paraît qu'il a réussi à créer des porcelaines aussi fines et belles que celles qui viennent de Chine. Sa renommée est faite et son avenir assuré.

— Oh, je suis bien contente pour Éléonore ! je vais lui faire parvenir un billet pour la convier à notre mariage. La date a été fixée au 17 du mois d'avril.

---

1. Lire *Éléonore et l'alchimiste*.

— Je doute que Mlle d'Aubeterre puisse se déplacer. On murmure que le prince-électeur de Saxe Auguste II, par crainte qu'on ne lui vole le secret de fabrication de la porcelaine, interdit à ceux qui travaillent à la manufacture de Meissen de sortir de la ville ou du pays.

— Pauvre Éléonore...

— On ne peut pas tout avoir. Elle épouse l'homme de son choix et ce dernier est protégé par un grand prince. De plus, fidèle à la parole que j'avais donnée au baron von Watzdorf, j'ai accepté le dossier de ses sœurs Gilberte et Antoinette qui entreront sous peu dans notre Maison de Saint-Cyr.

— Alors, leur avenir est assuré !

Je me tournai vers mon amie.

— Éléonore, me ferez-vous l'amitié d'assister à mon mariage ?

Elle hésita, regarda Mme de Maintenon et cette dernière répondit à sa place :

— Si votre charge auprès des filles de la Charité vous en laisse le temps, je ne vois pas pourquoi vous refuseriez ce geste d'amitié.

— Ah, mon amie, croyez bien que je mettrai tout en œuvre afin de voler quelques minutes à mes protégées et venir vous féliciter, promit Isabeau.

— Vous m'en voyez ravie ! Je vais essayer de retrouver mes compagnes de la classe jaune pour les convier à mon mariage. Las, j'ai perdu la trace de la plupart d'entre elles... pourtant, je serais comblée si je pouvais les revoir.

— Oh, oui, ce serait bien d'avoir des nouvelles des unes et des autres ! Nous étions si heureuses ensemble dans la Maison de Saint-Cyr !

— Vous l'entendre dire me comble, se félicita Mme de Maintenon.

Un souris détendit son visage toujours sévère et, contre toute attente, elle ajouta :

— La mère supérieure de notre Maison qui détient les dossiers de toutes les pensionnaires sera à même de nous fournir les adresses des familles de vos camarades.

Je n'en croyais point mes oreilles. Mme de Maintenon allait m'aider à retrouver mes amies ! Je me jetai à ses genoux pour baiser le bas de sa robe et, éperdue de reconnaissance, je bredouillai :

— Ah, Madame, je... je vous remercie pour votre bonté... je... je...

— Voyons, Louise, relevez-vous... vous savez que je vous ai en grande amitié.

— Ah, Madame... je...

Je ne trouvais plus mes mots. Des larmes d'émotion coulaient sur mes joues. Bertrand me prit par le bras pour me relever et dit d'une voix qu'il s'efforça de rendre ferme :

— Louise n'a point été épargnée par le destin et votre sollicitude, Madame, lui va droit au cœur.

La marquise me caressa la joue du bout du doigt comme le roi l'avait fait lors d'une de ses visites à Saint-Cyr, puis, comme si elle regrettait de s'être laissée aller à un peu de douceur, elle reprit son aspect sévère et dit à Isabeau :

— Venez, nous sommes déjà en retard et la ponctualité est l'une des vertus d'une dame de qualité.

Isabeau régla son pas sur celui de la marquise et elles se dirigèrent vers l'une des portes d'accès au bâtiment central.

16

J'étais si chamboulée que je demeurai un moment interdite, le regard fixé sur la porte qui venait de se refermer.

— Que voilà de bonnes nouvelles ! s'exclama Bertrand. On prétend que la marquise est froide et distante, je pourrai, à présent, affirmer le contraire.

— Certes... elle est... imprévisible... mais je me réjouis qu'elle accepte de m'apporter son aide. J'espère qu'elle n'oubliera point sa promesse...

— Ma mie, je vais devoir vous abandonner. Vous étiez si heureuse tantôt que je n'ai point voulu vous décevoir, mais mon père m'attend dans sa calèche afin que nous nous rendions à Paris pour régler plusieurs affaires relatives à notre future union et...

— Seigneur ! Votre père va me maudire de vous avoir retenu si longtemps.

— Non point. Il est patient et il est la bonté même.

— Présentez-lui, je vous prie, mes civilités et mes excuses.

— Je n'y manquerai pas... mais il me coûte de vous laisser ainsi et...

— J'aurais bien préféré moi aussi passer plus de temps avec vous... mais dans quelques mois nous serons l'un à l'autre pour toujours et...

Mes pommettes rosirent sous le coup de ma hardiesse, aussi, j'enchaînai vitement en changeant de sujet :

— Ne soyez pas en peine. Une calèche doit me conduire sans tarder à Saint-Germain. La jeune princesse Louise-Marie a prévu que, juste avant le souper, nous chantions pour sa mère et ses dames quelques airs composés par John Abell[1]. Nous les avons répétés à nous en faire mal à la gorge !

— Je suis certain que votre interprétation sera sublime.

— Flatteur !

Il déposa un furtif baiser sur la main que je lui avais tendue et il se dirigea vers la grille au-delà de laquelle les voitures des personnes qui n'étaient pas du sang ne pouvaient avancer.

Pour ma part, je cherchai du regard la calèche aux armoiries de la famille d'Angleterre et je ne la

---

1. John Abell (1653-1724) : luthiste, chanteur et violoniste anglais.

vis point. Le cocher l'avait sans doute remisée un peu plus loin afin d'aller discrètement se désaltérer dans l'une des nombreuses auberges à proximité du château. Ce contretemps m'ennuya. Je me sentis rapidement mal à l'aise au milieu de la foule qui grouillait de toutes parts. Il n'est pas de bon goût qu'une demoiselle se promène seule dans les allées du parc et je n'avais point envie d'être importunée par un fat.

Tout à coup, dans un groupe de jardiniers qui se dirigeait vers l'orangerie, il me sembla reconnaître Joseph. Je hâtai le pas afin de les rejoindre.

— Joseph ! appelai-je.

Le groupe s'arrêta et se retourna. Certains, voyant à ma mise que j'étais une demoiselle de qualité, s'inclinèrent, mais d'autres, plus polissons, lancèrent quelques plaisanteries. Je regrettais déjà mon intervention qui pouvait me porter préjudice et mettre mon frère de lait dans une position délicate. Joseph foudroya du regard les importuns qui, en marmonnant, continuèrent leur chemin.

Un peu embarrassée, je le questionnai :

— Êtes-vous satisfait de votre travail ?

— Il faudrait être difficile ! Je mange à ma faim, je dors dans un lit à l'abri de la pluie, le métier est agréable, le sieur Le Bouteux n'est pas un mauvais maître et j'ai de bons camarades.

— Ah, tant mieux.

— Je ne m'attarde pas... nous devons préparer les orangers à quitter l'orangerie où ils sont rangés durant l'hiver. Il y en a plus de neuf cents... et chacun exige des soins particuliers... j'aime bien m'occuper des orangers... le sieur Le Bouteux dit que je les soigne mieux que personne.

— Je vous félicite. Alors, à bientôt...

Il partit assez vitement. Je suppose qu'il ne voulait pas être pris en défaut de bavardage.

Je revins sur mes pas en espérant que la calèche et le cocher seraient de retour dans la cour. J'aperçus alors Isabeau sortant seule du bâtiment. Profitant de cette opportunité, je me précipitai à son encontre.

— Mme de Maintenon a été retenue par Sa Majesté, m'annonça-t-elle. De ce fait, notre entretien a été écourté, ce qui me donne le plaisir de vous revoir !

— Oh, le plaisir est partagé. Nous nous entendions si bien à Saint-Cyr... Je ne suis pas surprise du choix de vie que vous avez fait... mais ne regrettez-vous pas tout de même de ne point vous marier et de ne jamais avoir d'enfants ?

— Pas une minute, mon amie ! Nous sauvons ces fillettes de la mort en les nourrissant, en leur offrant un logis et un peu d'instruction ce qui leur permettra d'avoir une vie meilleure. Quelle joie de leur rendre un peu de ce que notre Maison nous a donné ! C'est ce dont j'avais toujours rêvé...

Son visage s'était illuminé et, après un moment de silence, durant lequel elle me parut habitée par l'Esprit Saint, elle ajouta :

— ... et j'ai même le grand bonheur d'avoir, grâce à la tendresse que je lui ai prodiguée, encouragé une petite Toinette qui se laissait mourir de faim à s'accrocher à la vie. Elle est si mignonne... Elle me considère comme sa mère... et je n'ai point le cœur de la démentir.

Isabeau était heureuse, c'était une évidence.

Je profitai de l'occasion pour obtenir des nouvelles de mes camarades de Saint-Cyr. Afin de lui être agréable, je commençai par sa sœur, Victoire.

— Elle grandit ! me répondit-elle. Elle est dans la classe jaune. Si Dieu le veut, elle viendra m'assister dans quelques années, à moins que le destin ne lui désigne un autre chemin...

Je poursuivis par celle qui me tenait vraiment à cœur : ma chère amie Jeanne. Nous étions si proches à Saint-Cyr ! Pourtant emportée par le tourbillon de ma nouvelle vie, j'avais omis de m'inquiéter de son sort. Je m'en voulais.

— Et Jeanne ?

— Je ne sais pas si vous l'avez su, mais grâce à Mme d'Hozier notre apothicairesse, Jeanne passait beaucoup de temps au jardin de simples[1] pour parfaire sa connaissance des plantes odoriférantes.

1. On appelait ainsi autrefois les plantes médicinales.

— Ah, j'en suis bien aise pour elle. Elle était très habile dans la confection des sachets de senteur.

. — Las, elle n'a pas participé longtemps à cette activité, car son oncle est venu la chercher pour s'occuper de sa tante malade.

— Son oncle ? Oh, la pauvre. Elle ne l'appréciait point. Pourvu que...

Je ne terminai pas ma phrase... De pénibles images vinrent frapper mon esprit. J'y voyais ma douce amie durement éprouvée par la mort de sa tante et contrainte d'épouser son oncle...

Je me promis de prier avec ferveur pour que son destin ne soit pas celui que j'imaginais.

3e Partie

JEANNE

CHAPITRE

17

En quelques heures, ma vie avait été boulever-
sée[1], mais il m'avait fallu plusieurs jours pour
admettre que ma mère était bien cette femme
douce et sereine, et mon père, cet homme vieillis-
sant pour qui j'éprouvais déjà une admiration sans
bornes. Par contre, avec Jacques, mon jumeau, la
complicité et l'amitié avaient été immédiates.

Une chambre fut préparée pour me recevoir et,
comme je n'avais quasi aucun bagage, mon instal-
lation se fit sur-le-champ.

— Ah, ma chère fille ! s'était exclamée ma mère,
je ne veux pas perdre une minute de votre présence, vous m'avez tant manqué et j'ai si souvent
pleuré en imaginant le bonheur que nous aurions

---

1. Lire *Jeanne, parfumeur du roi.*

eu à être ensemble ! Maintenant, il nous faut rattraper tout le temps de votre absence...

Elle me prenait dans ses bras et me câlinait comme si j'étais une fillette, me demandant si j'avais faim, soif, chaud ou froid. La minute d'après, elle s'éloignait un peu, essuyait discrètement une larme en s'excusant :

— Oh, suis-je sotte ! Je vous couve comme une mère poule le ferait avec son poussin... et pourtant, vous êtes une demoiselle...

Je la rassurais en lui baisant la main :

— La tendresse d'une mère m'a tant fait défaut que j'éprouve une grande joie à être mignotée comme un enfançon.

Mère souriait béatement.

Les jours s'écoulèrent bienheureusement.

Je continuais à travailler à la fabrique comme avant. Mais maintenant, je travaillais en famille et toute la différence était là.

Alors que Mme Matte n'entrait jamais au laboratoire, elle venait désormais me regarder manier les éprouvettes. Elle ne pouvait s'empêcher de poser sa main sur la mienne, de me piquer un baiser sur la joue, de me caresser les cheveux. Père la grondait affectueusement :

— Ma mie, il ne faut point que Jeanne retombe en enfance, la fabrique a besoin d'elle !

— Oh, père...

Chaque fois que je prononçais ce mot, j'avais comme un afflux de sang au visage, une hésitation aussi, un trouble. C'était si doux et si extraordinaire à la fois... Au début, dès que je me retrouvais seule dans ma chambre, je murmurais doucement « mère », « père » pour le seul plaisir de les entendre.

— Oh, n'ayez crainte, père, repris-je, mon odorat ne souffrira point d'un excès de tendresse. Au contraire, il me semble que depuis que je vous ai retrouvé, mon nez est encore plus subtil.

Il sourit à son tour.

Si sa vue et son odorat n'avaient point recouvré leurs capacités, il paraissait tout de même avoir rajeuni et cela me réjouissait, car je m'en attribuais, modestement, le résultat.

— Chère enfant, votre talent permettra sans doute à notre maison de sortir des difficultés qu'elle rencontre.

— Vos deux fils, Jacques et Jean, y contribuent plus que moi.

— Non point... la touche féminine que vous apportez à vos créations... ce sens du mystère aussi... ce léger voile de... enfin, c'est difficile à expliquer, mais ce que nous produisons depuis que le destin vous a ramenée chez nous... n'a rien de comparable avec... avec la banalité d'avant...

— Vous... vous me flattez.

— Non, non, Jeanne... et nous en avons bien besoin... la concurrence est rude... et nous avons pris du retard... si nous ne réagissons pas vitement, nous ne compterons bientôt plus parmi les meilleures parfumeries de Montpellier...

Jacques, il en convenait lui-même, n'avait pas vraiment de dons olfactifs et était dépourvu d'imagination lorsqu'il s'agissait d'assembler plusieurs fragrances. C'est d'ailleurs grâce à mes compétences qu'il avait pu obtenir brillamment sa maîtrise de parfumeur. J'étais fière de l'avoir aidé. C'était, en quelque sorte, ma manière de payer mon entrée dans la famille, *ma* famille. Jamais il n'avoua la supercherie à notre père et jamais, bien sûr, je ne la révélais. Ce secret fit naître entre nous des liens plus forts encore que ceux du sang.

Cependant, comme père me l'avait fait remarquer, la concurrence entre parfumeurs devenait de plus en plus féroce, d'autant que les officines se multipliaient à Montpellier et dans les alentours.

— La fréquentation de notre boutique est en baisse, nous dévoila mère un soir à la table familiale. Nous avions espéré être choisis par la jeune reine d'Espagne comme parfumeur officiel, ce qui aurait accru notre notoriété... mais la réponse tarde à venir...

— Hélas, gémit père.

— Mme de La Ribaudière m'a dit tantôt en achetant sa poudre d'iris : « La reine a sans doute trouvé mieux ailleurs... »

— La peste ! jura Jacques.

— Je vous l'accorde, mais vous le savez bien, la clientèle aime acheter les mêmes produits que les grands de ce monde. Elle a l'impression alors de devenir aussi importante que le prince, le duc ou le marquis que nous servons. Pour l'heure, il nous manque cet aval... et si d'autres parfumeurs l'obtiennent, nous risquons d'en pâtir !

— La marquise de Sévigné et sa fille Mme de Grignan viennent de quitter Deloche pour venir chez nous, annonça Jacques...

— Certes, mais ce n'est point suffisant... il nous faut à présent viser plus haut et plus loin, assura notre mère.

— Je vais me rendre à Uzès afin de faire découvrir nos créations au duc Jean-Charles de Crussol et à son épouse, suggéra Jean. Ainsi nous pourrons apposer sur notre devanture « fournisseur du duc d'Uzès ».

— Plus haut, appuya notre mère... à Versailles !

— Versailles ! s'écria Jacques tout émoustillé.

— Oui. Si nous avons la chance de séduire Sa Majesté ou seulement une princesse du sang... notre fortune est assurée !

— Je partage votre avis, ma mie, dit notre père.

Après s'être tourné vers Jean, il poursuivit :

— C'est à l'aîné de notre famille que revient la mission de représenter au mieux la parfumerie Matte auprès de Sa Majesté. Nous allons vous préparer des corbeilles avec nos dernières créations et vous partirez sans tarder... Il faut prendre nos concurrents de vitesse, sinon...

Je comprenais parfaitement que Jean soit choisi pour cette tâche, pourtant, je ne pus m'empêcher de l'envier.

Versailles ! J'avais vécu aux portes du parc de ce palais sans jamais y pénétrer. Les demoiselles de la classe jaune, nées en 1676, avaient eu le privilège de se rendre au château pour répéter *Esther.* Moi, j'étais née en 1675 comme Louise et je ne faisais donc pas partie de la distribution...

Louise ! Mon amie, ma seule et précieuse amie... Quel bonheur j'aurais eu à la revoir ! Et quelle joie ce serait d'obtenir des nouvelles de toutes les autres : Charlotte, Isabeau, Éléonore, Henriette, Olympe, Adélaïde...

Un soupir m'échappa. Jacques me lança un regard déçu... Lui aussi devait rêver de se rendre à Versailles...

Pour faire bonne figure, j'assurai :

— Voilà une excellente idée. Je vais me remettre au travail afin de terminer cette nouvelle eau florale à la mode de Montpellier, sur laquelle je réfléchis depuis plusieurs mois... Si je réussis, elle devrait nous démarquer de nos concurrents.

— Nous comptons sur vous, Jeanne, me dit notre père en me posant une main chaleureuse sur l'épaule.

Pendant quinze jours, je passai tout mon temps dans le laboratoire, oubliant l'heure des repas et raccourcissant mes nuits de sommeil. Père me prodiguait ses conseils avisés et Jacques m'aidait de son mieux. Mais le premier se fatiguait rapidement et les capacités de mon frère se révélèrent vite insuffisantes. D'ailleurs il ne parvenait pas à se concentrer plus de deux heures d'affilée et, afin d'abréger son supplice, je lui inventais de nouvelles occupations :

— Jacques, il serait bon de vérifier la qualité des fleurs de jasmin ou de rose... ou encore pouvez-vous contrôler les colis de musc ou d'ambre en provenance de Cette[1] ?

— Avec plaisir ! me répondait-il en quittant le laboratoire.

Mère venait gentiment m'obliger à manger quelques douceurs confectionnées par la cuisinière et me grondait pour que je consente à prendre un peu de repos.

— Vous allez user votre santé !

1. Cette, actuellement Sète, port de l'Hérault, construit pendant le règne de Louis XIV.

— C'est que Jeanne a compris tout l'enjeu de sa trouvaille ! assurait père.

Enfin, à l'aube du vingtième jour, il me parut que le mélange que j'avais concocté était le bon. Émue, je tendis le flacon à père.

— Qu'en pensez-vous ?

Il flaira le flacon ouvert, puis huma le bouchon de verre sans mot dire. Enfin, il versa une goutte du liquide mordoré sur son mouchoir, l'agita loin de lui, puis le rapprocha de ses narines. Il ferma les yeux un moment comme s'il entrait en extase, enfin un souris naquit sur ses lèvres :

— C'est... extraordinaire... à la fois frais et capiteux... léger et... envoûtant !

Mère entra à cet instant dans le laboratoire, une assiette de confiture sèche à la main. Joyeusement excité, père lança :

— Sentez, ma mie, sentez...

Mère reproduisit exactement les mêmes gestes et me félicita :

— Jamais je n'ai respiré pareille merveille !

Il fut décidé que Jean partirait le lundi en 8 pour nous laisser le temps de confectionner gants, éventails, houppes de cygne parfumés, mouchoirs de Vénus[1], poudres, crèmes, pommades, pâtes en pot,

---

1. Mouchoirs en toile de Hollande à l'aide desquels les femmes se frottaient le visage pour blanchir leur teint.

vinaigres aromatisés, pots de rouge et cassettes : tout article susceptible de plaire à Sa Majesté, aux princes du sang et aux princesses.

Sans vouloir me vanter, j'excellais aussi dans l'art de la présentation que j'avais su cultiver dans la maison Deloche[1]. J'usai donc de tout mon talent pour mettre en valeur ce que nous avions fabriqué en l'agrémentant de rubans, de fleurs séchées, de feuillage. J'avais même demandé à un maître verrier de souffler des fioles rondes pour contenir ma création. Le bouchon était serti d'un cercle d'or ouvragé. L'objet était une véritable œuvre d'art qui étonna toute la famille.

— Vrai, Jeanne, jamais je n'aurais imaginé un aussi beau flacon ! me félicita Jean, et je serai fier de le présenter à Sa Majesté.

J'étais, moi aussi, assez fière de mon travail qui, je l'espérais, permettrait à la famille Matte d'obtenir le titre envié de « parfumeur de Sa Majesté ».

---

1. Lire *Jeanne, parfumeur du roi*.

CHAPITRE

18

Rien ne se déroula comme prévu.

La veille de son voyage à Versailles, Jean partit à cheval inspecter un champ que Guilhem venait de planter de nouveaux rosiers dont les fleurs promettaient d'être très odorantes. Mes parents qui connaissaient les tendres sentiments qui m'unissaient à Guilhem faisaient de leur mieux pour intégrer le jeune homme aux activités de la parfumerie. Ainsi, ils l'aidaient à acquérir des terres et à les couvrir de plantes odoriférantes.

Je leur en savais gré. Pourtant, depuis que j'avais retrouvé mes parents, je voyais peu Guilhem, trop occupée que j'étais à rattraper l'affection perdue et à me consacrer à mon travail. Heureusement, nos sentiments n'en souffraient pas, parce que nous savions que nous étions faits l'un pour l'autre. Il fallait laisser agir le temps... et bientôt, mes parents donneraient leur accord pour notre union.

Las, dans la soirée, le cheval de Jean revint seul à l'écurie.

Mère s'affola, pleura. Jean avait peut-être été attaqué par des bandits de grands chemins, détroussé et laissé pour mort dans un fourré ! Je la réconfortai de mon mieux.

Père qui n'avait pas prononcé un mot, mais dont le visage trahissait l'inquiétude, s'en alla aussitôt à sa recherche avec Jacques.

Mère et moi nous mîmes en prière afin d'appeler le Seigneur à notre secours. L'attente nous parut interminable.

À peine avais-je connu le bonheur d'avoir une famille, devrais-je déjà assister à l'enterrement de mon frère aîné ?

Enfin, le pas des chevaux entrant dans la cour pavée nous fit nous précipiter dehors, l'estomac noué par l'angoisse.

Jean avachi contre le dos de Jacques et maintenu en selle par des liens ressemblait à un pantin désarticulé.

— Seigneur ! s'affola notre mère... il est... il est...

— Non point, la rassura Jacques... mais il souffre tellement que, par moments, il tombe en pâmoison. Il a fallu l'attacher à moi pour lui éviter de glisser du cheval.

— Il est blessé ? Où ? Que lui a-t-on fait ? interrogea mère d'une voix fébrile en tournant autour de la monture.

— Il s'est cassé la jambe. Son cheval, effrayé par une meute de chiens qui coursait un sanglier, a fait une embardée et l'a désarçonné.

Père, Jacques et un domestique prirent Jean par les bras et les pieds, ce qui déclencha ses hurlements, et le conduisirent dans sa chambre.

Mère envoya quérir le sieur Ducourtieux.

— C'est un ami. Il a fait ses études à la célèbre université de médecine de Montpellier[1], m'informa Jacques. Avec lui, Jean est en de bonnes mains.

En attendant le médecin, mère s'occupa de son fils. Elle lui donna à boire, lui tamponna les tempes d'un linge humide tout en marmonnant des prières à voix basse.

Le praticien arriva vitement. Il serra la jambe cassée entre deux planches et ordonna :

— Vous devez rester allongé durant trois mois et ne point poser le pied droit à terre.

— C'est impossible, monsieur, répliqua Jean qui grimaçait pourtant de douleur. Je dois me rendre à Versailles pour une affaire de la plus haute importance.

---

1. Elle est fondée en 1289. Elle fournit la plupart des médecins royaux. Nostradamus et Rabelais y enseignèrent.

— Alors, je vous coupe la jambe au-dessus du genou et vous pourrez voyager soutenu par une béquille d'ici une quinzaine de jours, ironisa le médecin.

— Grand Dieu, non ! s'indigna notre mère... nous... nous patienterons jusqu'à son rétablissement.

Complètement tourneboulés par ce drame, nous nous regroupâmes dans le salon au volet mi-clos comme si nous voulions faire face ensemble à ce coup du sort. Père marchait dans la pièce, les mains derrière le dos. Mère, terrassée par l'émotion, se laissa tomber dans un fauteuil en poussant un profond soupir. Je la réconfortai :

— Remettez-vous, mère, Jean est vivant et d'ici quelques mois sa jambe cassée ne sera plus qu'un mauvais souvenir.

— Vous avez raison, ma bonne Jeanne... j'ai eu si peur...

— Certes, certes... grogna notre père... mais cet accident survient fort mal à propos... L'un des arpètes du sieur Jean Fageon m'a fait tantôt une confidence. Son maître, vous le savez, s'enorgueillit du titre d'apothicaire parfumeur de Son Altesse royale Mlle d'Orléans. Mais comme elle vient de rendre son âme à Dieu, le voici sans protecteur. Aussi envisage-t-il sous peu un voyage à Paris afin d'obtenir la protection d'un membre de la famille royale... et peut-être même du roi !

— Oh, mon ami, larmoya notre mère... s'il arrive à ses fins... notre situation deviendra bien critique...

— Il ne faut donc point tarder...

Il s'arrêta de marcher, réfléchit en se lissant le bas du menton et finit par dire :

— Je suis trop vieux pour entreprendre pareil voyage... mais vous, mes enfants, vous avez l'énergie de la jeunesse et vous connaissez les parfums aussi bien que moi. Vous serez à même de défendre au mieux nos intérêts.

— Nous ? protesta Jacques visiblement inquiet de la responsabilité qui allait nous échoir.

Père fit semblant de ne point voir sa réticence et s'adressa à moi :

— Ne nous avez-vous point conté, ma chère Jeanne, que, durant votre séjour à Saint-Cyr, vous aviez rencontré quelques dames de qualité bien en vue à la cour ?

— En effet. Mme de Caylus est venue plusieurs fois nous visiter et j'ai eu l'honneur de lui adresser quelques mots lors des répétitions d'*Esther*... et bien sûr, Mme de Maintenon, la directrice de notre Maison... mais surtout, il y a mon amie Louise.

— Qui est donc cette Louise ? s'informa mère.

— J'avais tissé avec elle de tendres liens d'amitié, car elle se croyait orpheline, comme je l'étais moi aussi à ce moment-là et... et il s'est avéré que Louise de Maisonblanche est la fille secrète de Sa Majesté Louis le quatorzième.

— La fille du roi ? Vous connaissez la fille du roi ! s'étonna père.

— En effet. Elle a quitté Saint-Cyr pour devenir demoiselle d'honneur de la reine d'Angleterre exilée, avec sa famille, au château de Saint-Germain... mais j'ignore si le roi l'a reconnue.

— Ah, Jeanne, non seulement, vous ensoleillez notre vie par votre présence, mais en plus, vous allez sans doute nous sauver de la faillite ! s'enthousiasma notre mère.

Soudain, le poids de la mission que l'on me confiait m'écrasa et je sentis mes jambes flageoler.

Plusieurs années s'étaient écoulées depuis que Louise et moi avions été séparées et j'ignorais ce qu'elle était devenue... Était-elle toujours à Saint-Germain ? Le roi avait-il accepté de reconnaître sa paternité ? Vivait-elle à Versailles ? N'avait-elle point été éloignée de la cour par les enfants légitimes du roi... ou par le roi lui-même ? Comment la retrouver ?

Certes, la revoir me réjouissait, mais la perspective de devoir paraître à la cour, dont Mme de Maintenon nous avait toujours dit le plus grand mal, m'affolait. Jeune provinciale, n'allais-je pas au-devant de moqueries et quolibets ? Aurais-je le courage d'affronter toutes les embûches qui ne manqueraient point avant que je ne puisse approcher le roi ? J'ignorais tout des us et coutumes de ce pays-ci[1] et je serais sans doute une proie facile pour ceux qui voudraient me nuire... ou au contraire abuser de ma candeur.

Il faudrait que je sois forte. Je m'en fis la promesse.

---

1. C'est ainsi que les courtisans nommaient la cour de France.

CHAPITRE

19

Les préparatifs pour ce voyage furent rondement menés. Fort heureusement, j'avais une garde-robe convenable. Depuis nos retrouvailles, mère était si heureuse de me gâter qu'elle m'offrait jupes, jupons, bustiers, capes, souliers, dentelles et rubans à profusion.

Nous passâmes de longues heures à discuter afin d'effectuer le meilleur choix.

Nous ne pouvions emporter que deux malles. Une pour nos effets personnels et la plus grande, pour toutes les marchandises que nous voulions présenter au roi. Je laissai peu de place à Jacques pour entasser quelques habits, aussi plaisanta-t-il :

— Eh bien, on vous prendra pour une duchesse de Provence et je passerai pour votre laquais !

Père nous proposa une calèche légère et donc rapide. Un cocher nous conduirait et deux valets en armes, montés à l'arrière de la voiture, nous protégeraient.

— Ne sont-ce pas des frais inutiles alors que notre situation n'est point florissante ? questionnai-je.

— Non point. Vous êtes mes biens les plus précieux et les routes ne sont pas sûres.

Enfin, après de nombreuses recommandations, des effusions, quelques larmes, nous quittâmes Montpellier. Jacques était joyeusement excité. Moi, j'étais anxieuse. M'éloigner de mes parents que je venais juste de retrouver me coûtait et j'étais, sans doute plus que lui, consciente de l'énorme défi que nous devions relever.

Et puis ce voyage me rappelait par trop celui que j'avais effectué quelques années plus tôt, quittant la Gascogne et la douce tante qui m'avait élevée pour rejoindre Saint-Cyr. J'avais été si triste, si seule, si angoissée. Ces douloureux souvenirs revinrent me hanter et pendant plusieurs heures je demeurai muette.

Jacques s'efforça de me tirer de ma morosité en bavardant sur tous les sujets que le voyage nous procurait : un monument, un arbre gigantesque, des paysans dans leur champ, une rivière gazouillante, une colline boisée, une chapelle solitaire... Petit à petit, sans même que je m'en rendisse compte, ma tristesse s'estompa.

Notre père avait programmé avec le cocher les villes et les villages où nous devions faire étape.

La nuit venue, je dormais mal dans de méchants lits pas toujours propres, parfois infestés de puces et sous le regard des deux valets en armes qui nous accompagnaient. Et effet, nous exigions que la précieuse malle soit montée dans notre chambre et que les valets la veillent à tour de rôle. Nous craignions que quelques malandrins ne veuillent s'emparer de notre cargaison. Les parfums rares pouvaient se revendre fort cher.

Sur les chemins aussi nous redoutions une attaque... cela mettait nos nerfs à rude épreuve. Par chance, tout se déroula au mieux. Aucun orage ne nous dérouta et les mauvaises rencontres nous furent épargnées. Cependant, la fatigue s'accumulait au fil des jours. J'avais les reins rompus par les soubresauts de la voiture et j'avais grande hâte d'arriver à destination.

Enfin, sept jours après notre départ, nous entrâmes dans la bonne ville de Versailles.

L'excitation de Jacques fut à son comble. Il trouvait tout grand, beau, rutilant, riche.

Même les embarras de circulation et les disputes entre cochers l'amusaient.

Quant à moi, l'angoisse revint me tarauder : Serions-nous de bons ambassadeurs pour les parfums Matte ? Réussirions-nous à approcher le roi ? Et si nous échouions ? Qu'adviendrait-il de la parfumerie ?

Jacques voulut que nous allions immédiatement découvrir le parc du château :

— Il y a si longtemps que j'attends ce moment ! Être proche du roi, de la famille royale... marcher parmi les courtisans, croiser de belles dames...

— Je crois, mon ami, que ce ne serait pas raisonnable. Nous sommes vous et moi fatigués par le voyage. Nos habits ont besoin d'être dépoussiérés, et si nous ne voulons point être la risée des gens de qualité, nous devons nous vêtir au goût du jour.

— Voyez ! me répondit-il joyeusement en me désignant les nombreuses échoppes adossées aux murs de l'avant-cour et contre les grilles, tout a été prévu pour que l'on puisse faire rafraîchir ses habits et même se faire coiffer, farder, boire et manger avant d'entrer dans les jardins.

J'hésitais. Il allait être difficile pour moi de confier mon apprêtement à des mains inconnues et de le faire aux yeux de tous les badauds qui déambulaient devant les grilles. Mais Jacques était si enthousiaste que je ne voulus point le contrarier et j'acceptai à contrecœur.

Il y avait plus de dix marchandes prêtes à se disputer pour s'occuper de nous. Et comme la poussière des chemins nous avait asséché la gorge, nous commençâmes par nous désaltérer de deux grandes chopes d'une boisson légèrement sucrée et fort agréable, que nous achetâmes à un limonadier souriant et vantard. Boire ainsi dehors devant tout le monde me gêna un peu, mais Jacques s'amusait de cette nouvelle liberté !

En une heure tout au plus, ma jupe fut dépoussiérée et repassée. Un mercier me vendit quelques rubans pour agrémenter mon bustier, le perruquier remit de l'ordre dans la perruque de Jacques et un coiffeur boucla élégamment mes cheveux au fer à friser.

— Venez, madame, allons faire quelques pas dans le jardin du roi, minauda Jacques.

Pour lui, c'était un jeu... comme celui auquel nous aurions pu jouer si nous avions vécu notre enfance ensemble. Il me plut d'entrer dans ce jeu-là, et je posai ma main sur son poing fermé.

Dès que nous franchîmes les vastes grilles dorées, la sensation de jouer disparut.

Versailles ! J'en avais si souvent rêvé lorsque j'étais à Saint-Cyr. J'avais même envié les comédiennes qui y étaient venues pour répéter *Esther* devant Mme de Maintenon et le roi alors que la maladie m'avait clouée à l'infirmerie. Et voilà qu'à mon tour je pénétrais dans ce lieu enchanté !

Et si Louise, ma chère Louise, s'y trouvait ?

Ce serait si extraordinaire de se revoir après toutes ces années ! Mais la reconnaîtrais-je ?

Je dévisageai alors toutes les dames que nous croisions. Certaines me sourirent, d'autres me foudroyèrent d'un regard peu amène, d'autres détournèrent les yeux, craignant sans doute que je ne les importune.

Jacques, qui ne s'apercevait de rien, s'émerveillait de tout. Il pointait du doigt un bosquet, une statue, une fontaine comme un enfant qui découvre le monde. Il parlait fort. Tout en nous devait dénoncer des provinciaux n'ayant jamais quitté leur terre. Je surpris quelques souris goguenards qui me blessèrent.

— J'ai ouï dire que Sa Majesté, lorsqu'elle n'allait point à la chasse, visitait souvent ses jardins les après-dîners. J'aurais tant de joie à pouvoir l'approcher ! Suivons donc la foule, elle doit connaître les allées qu'emprunte le roi.

Je ne me sentais pas prête et je protestai :

— Je vous en prie, Jacques, nous ne sommes point en mesure de rencontrer le roi... Nous n'avons même point songé à nous parfumer ni à prendre l'un des présents préparés par nos parents et destinés à Sa Majesté. Nous reviendrons demain.

— Qu'importe... parfois le hasard fait bien les choses et il suffirait que le roi nous remarque pour...

— Parfois aussi, le hasard est un faux ami... et être remarqués lorsque nous ne sommes point à notre avantage ne sera pas un atout.

— Oh ! bougonna-t-il, vous êtes par trop désagréable !

— Croyez bien que je le regrette, mais la mission que nous a confiée notre père est trop importante pour laisser le hasard s'en occuper.

— Oui, oui, grogna-t-il... alors faisons juste un tour dans le parc avant de rentrer.

— Voilà qui est bien parlé.

C'est donc un peu plus détendus que nous avançâmes dans les allées.

Alors que nous pénétrions dans un bosquet pour y admirer une fontaine, un couple qui en sortait nous croisa. Comme je continuais à observer les dames dans l'espoir de rencontrer Louise, le visage de celle-ci me frappa. Je la connaissais. Elle avait été élève à Saint-Cyr, c'était certain. Soudain, son prénom me revint et, sans pouvoir contenir la joie qui montait en moi, je criai presque :

— Adélaïde !

Le couple s'arrêta. La demoiselle lâcha le bras de son compagnon, se retourna, fit un pas vers moi et s'exclama à son tour :

— Jeanne !

Nous étions face à face. L'étonnement nous paralysa quelques fractions de seconde, puis nous nous étreignîmes tandis que des larmes coulaient sur nos joues.

Je balbutiais :

— Adélaïde... est-ce possible ? Mais comment...

Elle faisait de même :

— Jeanne, Jeanne... mais comment se fait-il que...

Nous riions et pleurions en même temps, ce qui nous empêchait de terminer nos phrases.

Enfin après quelques instants d'intense émotion, Adélaïde se recula, saisit la main de l'homme qui l'accompagnait et me dit :

— Je vous présente mon promis, Gabriel Ruault de La Bonnerie. Nous allons bientôt nous marier.

— Vous réalisez donc votre souhait puisque, à Saint-Cyr, vous nous aviez confié que vous étiez promise à ce monsieur depuis l'enfance.

— Ah, mon amie, cela n'a point été aussi simple que je l'imaginais et la vie a tout fait pour nous séparer[1].

— Eh bien, je constate avec joie qu'elle n'y a point réussi.

— Et vous-même êtes la promise du jeune homme qui vous accompagne ? me demanda Adélaïde en désignant Jacques.

J'éclatai de rire.

— Non point, Jacques est mon frère jumeau.

---

1. Lire *Adélaïde et le prince noir.*

— Votre frère ? J'ignorais que vous aviez un frère.

— Moi aussi... et alors que je me croyais orpheline, j'ai découvert que j'avais des parents et deux frères, tous parfumeurs à Montpellier...

— C'est donc d'eux que vous tenez vos dons pour arranger les sachets de senteur que nous confectionnions à Saint-Cyr !

— Sans doute.

— Venez-vous ouvrir une échoppe d'apothicaire-parfumeur à Versailles ?

— Non point. Nous espérons pouvoir présenter nos articles à Sa Majesté afin d'obtenir le titre envié de maistre parfumeur du roi.

— Ce ne sera point aisé. Le roi est tellement sollicité.

— En effet. Mais qui ne tente rien n'a rien !

— Parfaitement. Et vous avez bien raison de vouloir essayer.

— Je pense que la chance est avec nous puisqu'elle nous a déjà permis de nous revoir. Avez-vous des nouvelles des compagnes de notre Maison ?

— Aucune. Mais j'ai appris que Louise se mariait dans quelques jours. Le 17 avril, pour être précise.

— Louise ! Oh, je suis heureuse pour elle.

— Elle aura sans doute le désir de réunir ses amies de Saint-Cyr.

— Ah, puissiez-vous dire vrai ! J'aurais tant de plaisir à retrouver mes anciennes compagnes !

Nous avions encore mille choses à nous dire, mais je voyais bien que Jacques et le promis d'Adélaïde s'impatientaient. Elle rompit donc le discours en me disant :

— J'ai vraiment été contente de vous revoir. Je vous souhaite bonne chance pour votre entreprise. Et à bientôt, je l'espère.

Elle s'éloigna au bras de Gabriel et il me fallut quelques minutes pour reprendre mes esprits.

20

Après cet agréable intermède, le cocher nous conduisit à l'auberge du Cheval blanc dont l'adresse nous avait été recommandée par un client de notre père qui y descendait chaque fois qu'il se rendait à Versailles pour ses affaires. C'était effectivement un établissement de bonne facture qui ne recevait que des gens de qualité. On m'attribua une chambre petite mais propre. La fatigue me terrassa brutalement. La longueur du voyage et l'émotion de ma rencontre avec Adélaïde en étaient la cause.

L'aubergiste me proposa les services de la plus jeune de ses domestiques : Marguerite.

— Pour vous servir, demoiselle, me lança Marguerite en se courbant dans une petite révérence.

Elle devait avoir à peine quinze ans. Elle était charmante quoique assez bavarde. Tout en m'aidant à me dévêtir et à enfiler une robe de chambre, elle me conta, sur les clients de l'auberge, quelques anecdotes dont certaines me firent rire.

— Ah ! s'exclama-t-elle contente de ma réaction, voilà que vous quittez votre air chagrin.

— Parce que j'avais un air chagrin ?

— Dame, oui... comme quelqu'un qui a été secoué sur de mauvais chemins.

Elle fit ensuite monter un baquet de bois, puis elle charria, sans se plaindre, de nombreuses cruches d'eau qu'elle allait remplir aux cuisines, enfin après que j'eus revêtu une chemise de linon blanc, je m'assis dans la cuve. Il me sembla que toute la crasse et la fatigue du voyage disparaissaient dans l'eau tiède.

— Fermez les yeux et ne pensez plus à rien... me souffla Marguerite.

Je suivis ses conseils et une sorte de béatitude s'empara de moi. Je ne me souviens même pas du moment où, dans le lit moelleux, le sommeil me gagna.

Le lendemain, Jacques toqua à ma porte vers les onze heures. Il avait revêtu un habit sobre, mais bien coupé comme il sied à quelqu'un qui vient quémander une faveur. Il portait une perruque soigneusement poudrée et avait fière allure.

— Je vais voir si je peux rencontrer le premier valet de chambre de Sa Majesté afin de tenter d'obtenir une audience... Apprêtez-vous... si par chance tout marche pour le mieux, il faut que nous puissions présenter nos marchandises sur l'heure.

— Ne vous inquiétez point. Je serai prête.

Je n'osai bouger de ma chambre, m'attendant à chaque instant à ce que la porte s'ouvre sur Jacques. Les minutes et les heures s'égrainèrent. Je m'approchais de la fenêtre qui donnait dans la cour de l'auberge et j'y observais les allées et venues des valets, des cochers et des voyageurs, puis je m'asseyais sur une chaise à bras pour me relever quelques minutes plus tard. Je m'aperçus alors que jamais encore de ma vie je n'avais été aussi inactive. À Saint-Cyr, chaque minute était occupée et cette habitude ne m'avait jamais quittée... sauf ce jour d'hui. Je regrettais de n'avoir point apporté un ouvrage ou un livre. Pour dissiper mon ennui, j'ouvris le coffre contenant les marchandises que nous y avions soigneusement rangées, je saisis une corbeille pour en défroisser le ruban, je déplaçai un coffret de senteur, j'arrangeai quelques éventails, je dépliai une toile contenant une toilette pour m'assurer que le parfum n'avait point viré pendant le trajet... Cela ne servait à rien, je le savais. Tout avait été contrôlé de nombreuses fois avant notre départ et presque chaque soir lorsque nous faisions halte pour la nuit... mais cela me donnait l'illusion d'être utile.

Enfin, alors que je m'étais assoupie sur la chaise, Jacques entra dans la chambre. Son visage fermé me fit tout de suite comprendre qu'il n'était pas porteur d'une bonne nouvelle.

— Je ne pensais pas qu'il serait aussi difficile de voir le sieur Bontemps ! Versailles est vaste... Je m'y suis égaré et j'ai refusé de demander mon chemin afin de ne pas admettre que j'étais un jeune provincial point au fait des choses de la cour.

— Oh, ce n'est pas honteux.

— Je craignais que l'on ne se gausse de moi... et vous verrez que j'avais raison. Il m'a fallu de longues minutes avant de trouver le lieu où le premier valet de chambre recevait les gens venus porter un placet[1] au roi. Des centaines de gentilshommes attendaient dans une pièce. Chaque fois que la porte s'ouvrait, ils se bousculaient, se piétinaient afin de se précipiter pour entrer. Jamais je n'aurais cru qu'une semblable cacophonie puisse exister dans un salon de Versailles.

— En effet !

— Après avoir attendu deux heures et m'être fait bousculer plusieurs fois, j'ai demandé à un gentilhomme qui me semblait plus sage que les

1. Demande écrite faite pour obtenir une grâce, une faveur.

autres si je pouvais espérer être reçu ce jour par le premier valet de chambre de Sa Majesté. « Avez-vous une lettre de recommandation ? » s'informa-t-il.

« Non, répondis-je, je suis parfumeur et... »

Il éclata de rire et lança d'une voix forte afin que toute l'assemblée partage son hilarité :

« Ce freluquet est parfumeur et il pense que le sieur Bontemps va perdre son temps à le recevoir. »

Blessé par leurs moqueries, j'ai abandonné la place.

— Mon pauvre ami...

— Le plus grave, ma chère sœur, c'est que je ne vois pas comment atteindre le roi si je ne parviens même pas à entrer en contact avec son valet de chambre !

Je fis semblant de réfléchir. En fait, j'avais la solution, mais j'avais laissé Jacques agir. Je sentais bien qu'il aurait été glorieux si son intervention nous avait permis d'obtenir une audience du roi.

— À Saint-Cyr, j'étais l'amie de Louise, la fille secrète du roi. Peut-être pourra-t-elle nous aider à approcher le roi ?

— Je me souviens que vous nous en aviez fait la révélation avant de quitter Montpellier... ce qui me gêne, c'est que cette demoiselle soit la fille secrète du roi... Il n'est donc point certain que Sa Majesté accepte de suivre les conseils d'une enfant qu'il n'a point reconnue...

— Certes... mais je n'ai point d'autre solution à vous proposer.

— Savez-vous où elle loge ?

— Elle avait été engagée à Saint-Germain par la reine d'Angleterre, mais j'ignore si elle s'y trouve toujours.

— Eh bien, notre mission ne débute pas sous les meilleurs auspices !

Jacques rumina son échec toute la soirée et ne desserra pratiquement pas les dents durant le repas que nous avions pris dans ma chambre.

La dernière bouchée avalée, il me quitta en me souhaitant la bonne nuit. Je fis de même...

Des bruits de pas incertains, accompagnés de jurons, me réveillèrent de bon matin. Quel était donc le malotru qui se permettait de me tirer du sommeil dès potron-minet ? Je soupçonnais qu'il s'agissait d'un gentilhomme qui, passablement ivre, peinait à regagner sa chambre. J'enfouis ma tête sous les draps pour essayer de me rendormir. En passant devant ma porte, l'homme marmonna quelques mots incompréhensibles. Je reconnus alors la voix de Jacques. Au lieu de s'aller coucher, il avait dû descendre dans la salle de l'auberge et avait bu plus que de raison, sans doute pour oublier son infortune. Afin de ne pas ajouter à sa détresse, je décidai de ne point me montrer.

21

J e me levai assez tard. Jacques, abruti par le vin, devait dormir encore, car je ne le vis point de la matinée.

J'appelai Marguerite et lui annonçai que je devais me rendre à Saint-Germain dans le but de retrouver l'une de mes amies, demoiselle d'honneur de la reine d'Angleterre. Habituée qu'elle était à servir des courtisans, elle ne montra aucune surprise. Elle m'aida à me préparer et surtout à choisir ma tenue. Elle se moqua gentiment des habits contenus dans la malle :

— Ils ne sont guère à la mode.

— Mère m'a pourtant fait tailler jupes et bustiers par le meilleur tailleur de Montpellier.

— Oh, le tissu est beau et les broderies fort riches... mais l'encolure ne se porte plus si profonde...

et les manches des chemises sont plus larges à présent, alors que les dentelles ont diminué de volume.

— Est-ce si important ?

— C'est-à-dire que l'on verra au premier coup d'œil que vous n'êtes pas une habituée de la cour... et l'on risque de vous jouer quelques méchants tours... Les dames et les gentilshommes qui gravitent autour de Leurs Majestés ne sont pas tendres...

Je m'en étais aperçue lorsque nous avions marché dans les allées de Versailles.

— Et comment savez-vous tout cela ?

— C'est que ma position de domestique me permet de tout entendre et de tout voir... et j'ai déjà vêtu de nombreuses dames et damoiselles qui, comme vous, étaient venues à Versailles pour obtenir une audience, remettre un placet, solliciter une charge... alors rien de ce qui se passe à la cour ne m'est inconnu.

— Que faire ?

— Je vais aller chercher mon amie Clothilde. Elle a des doigts de fée. En deux heures, elle vous arrangera votre plastron et vos manches. Ainsi vous aurez l'air qu'il faut avoir à la cour !

— Ah, merci, Marguerite. Il aurait été bien pénible pour moi de surprendre des moqueries, alors que j'aurai besoin de toute mon énergie pour mener à bien ma mission.

— En échange... si j'osais... demoiselle... je... j'ai cru comprendre que votre frère était maître parfumeur et... si vous pouviez me faire sentir l'une de vos eaux florales... ce doit être délicieux...

— Mais bien sûr !

J'ouvris la malle et je trouvai sans difficulté un flacon réalisé exprès pour être donné à respirer aux futurs acheteurs. J'ôtai délicatement le bouchon de verre et je le présentai à Marguerite. Elle le huma avec force, se recula un peu, revint le flairer plus calmement et me sourit.

— Je n'ai jamais rien senti d'aussi agréable... On doit avoir l'impression d'être un bouquet de fleurs en mouvement lorsqu'on le porte sur soi.

— C'est en effet avec cette idée en tête que j'ai réalisé cette composition.

— Vous voulez me faire accroire que... vous êtes parfumeur ?

— Si fait.

— Mais... vous êtes une fille et...

J'éclatai de rire devant son air ahuri et j'expliquai :

— J'en conviens. Je ne porterai jamais le titre de maître parfumeur, même si c'est moi qui crée les meilleurs parfums. Peut-être un jour, les demoiselles auront-elles le droit d'exercer le métier de leur choix et l'on verra des jardinières, des palefrenières, des notaires ou des médecins femmes...

Cette petite discussion contribua grandement à me détendre.

Tandis que Clothilde s'occupait à remettre mes habits au goût du jour, Marguerite me coiffa, me blanchit le visage, rosit mes joues, et poudra largement l'ensemble. Cette mise en beauté prit plus de deux heures, car elle insista pour me friser les cheveux et y mêler des rubans selon la mode.

Je lui demandai ensuite de prévenir le cocher de notre prochain départ pour Saint-Germain.

Enfin, au moment où j'enfilais une mante afin de protéger ma tenue de la poussière de la route, Jacques entra dans ma chambre, le visage défait.

— Vous... vous sortez ? s'étonna-t-il la bouche pâteuse.

Je ne lui montrai pas que je connaissais son forfait et je lançai :

— Comme convenu, je vais à Saint-Germain pour voir si Louise y demeure toujours.

— Je... je vous accompagne.

— Non. Reposez-vous, mon ami, vous en avez besoin... et puisqu'il s'agira des retrouvailles de deux amies, il est préférable que nous soyons seules.

— Vous avez raison. Ce sera mieux... Je... je suis un peu souffrant. Je vais me recoucher.

— Si je puis me permettre, intervint Marguerite, il ne serait point honnête, demoiselle, que vous sortiez sans chaperon... c'est bon pour les filles du peuple... mais les demoiselles de qualité doivent être accompagnées.

— Ah, Marguerite, vous êtes mon ange gardien ! la félicitai-je. Alors, Jacques, faites vite pour vous préparer !

Il bougonna un peu et disparut dans sa chambre. Marguerite courut donner des ordres à quelques valets. J'entendis des pas pressés gravir les escaliers et, une heure plus tard, Jacques parut, la mine un peu plus avenante.

Je lui pris le bras, mais, à dire vrai, c'est plutôt moi qui le soutenais.

Vingt minutes plus tard, nous longeâmes un mur de belles pierres neuves, puis après une descente dans laquelle le cocher dut retenir avec force notre attelage, nous découvrîmes à main droite le grand abreuvoir orné de deux superbes sculptures de chevaux ailés.

— Voilà donc où se situe le fameux château de Marly, dis-je à Jacques.

— Vous le connaissez ?

— Non point. Sa Majesté y invite seulement ses proches et les personnes qu'elle souhaite distinguer. Mais j'en ai ouï parler lorsque j'étais à Saint-Cyr. Ceux qui l'ont vu le décrivent comme un véritable bijou dans un écrin de verdure et d'eau.

Nous étions tous deux à la fenêtre pour tenter de voir un peu du parc ou des bâtiments, mais comme la route était en contrebas, nous ne vîmes rien, à part les chevaux de quelques gentilshommes qui se désaltéraient dans l'eau fraîche de l'immense abreuvoir.

La calèche le contourna et s'engagea sur une route bordée de jeunes arbres. Cette fois, elle grimpait fort, car après avoir descendu dans le vallon, il nous fallut bien le remonter. Le cocher encouragea le cheval de la voix. Je crus un moment qu'il allait nous inviter à descendre afin d'alléger la voiture, mais notre cheval réussit à grimper la côte.

Nous arrivâmes à Saint-Germain, il devait être deux heures de relevée[1]. Jacques avait recouvré son allant[2] habituel.

Contrairement à celui de Marly, le château de Saint-Germain n'était pas niché au fond d'un parc arboré. On en découvrait immédiatement l'élégante façade aux hautes fenêtres, les fines tours et le toit de la chapelle.

— Quel beau bâtiment ! s'écria Jacques.

Je lui répétai ce que j'avais appris à Saint-Cyr :

— Notre roi y est né, mais à présent, c'est le refuge du roi et de la reine d'Angleterre qui ont été chassés de leur pays.

---

1. Deux heures de l'après-midi ou quatorze heures.
2. Entrain.

Le cocher arrêta la calèche devant la grille, puis après avoir baissé le marchepied, il me tendit la main pour m'aider à mettre pied à terre.

Il y avait foule dans les allées des jardins. Aucune dame n'était seule. Elles étaient toutes accompagnées d'un ou plusieurs gentilshommes. Je bénis Marguerite de m'avoir évité la honte de franchir seule la grille.

À présent que nous étions dans la place, je me sentis perdue.

N'avais-je pas été trop optimiste en imaginant que j'allais retrouver mon amie ? Depuis que nous avions été séparées, tant de choses avaient pu se passer ! Était-elle encore au service de la reine d'Angleterre ? Le roi, son père, l'avait-il finalement légitimée ? Et si ce n'était point le cas, n'avait-elle pas fui pour cacher ce déshonneur ?

— Où allons-nous ? me demanda Jacques comme s'il devinait mes pensées.

— Je... je n'en sais rien...

Il haussa les épaules et marmonna :

— Je crains bien que vous n'ayez pas plus de succès que moi... Il faut nous rendre à l'évidence. Ici, rien ne se fait simplement. Ce qui nous semblait aisé lorsque nous en discutions avec père à Montpellier devient ici aussi compliqué que les douze travaux d'Hercule.

Il avait raison, mais renoncer sans faire une nouvelle tentative n'était pas dans ma nature. J'avais déjà vaincu tant d'obstacles ! Il me parut que le destin s'amusait à me mettre des embûches pour savoir si je réussirais à en venir à bout. Aussi, je répondis avec plus d'assurance que je n'en avais en réalité :

— J'avais une chance sur des milliers de retrouver ma famille et pourtant les cieux ont voulu que cela soit... alors pourquoi ne retrouverais-je point Louise ?

— C'est pourtant vrai, me dit-il soudain plus optimiste.

— Alors avançons et comptons sur la Providence.

Nous marchâmes donc dans le parc et, comme je l'avais fait à Versailles, je dévisageai toutes les dames que nous croisions dans l'espoir d'apercevoir Louise. La plupart d'entre elles portaient un masque, car le soleil de printemps qui dardait ses rayons risquait de leur gâter le teint, et il n'était pas aisé de reconnaître un visage... Et puis, il y avait presse ! Nous allâmes jusqu'à la terrasse qui surplombait la Seine et nous la parcourûmes de fond en comble. Le jour commençait à décliner lorsque nous revînmes vers le château. La fatigue et la déception me faisaient traîner les pieds. Je marchais à présent tête basse, soutenue par le bras de Jacques. J'avais une impérieuse envie de délacer mon corps, d'ôter mes souliers déchirés par les gravillons, de quitter ma jupe poussiéreuse d'avoir balayé le sable des allées et de m'allonger sur un lit.

— Nous reviendrons une autre fois, me réconforta Jacques.

— Certes, mais nous perdons du temps... et de l'argent aussi... l'auberge risque d'engloutir notre maigre pécule...

— Je sais. Dès demain, je retournerai faire le siège du sieur Bontemps... il finira peut-être par m'accorder un entretien.

— Espérons... mais j'avoue que le découragement me...

Trois petits chiens déboulèrent tout à coup devant nous en aboyant et, se jetant dans mes jupons, ils faillirent me faire choir. Je poussai un cri de surprise tandis que Jacques eut l'heureux réflexe de me retenir par le bras.

— Snow ! Sweety ! Shadow ! appela une voix féminine, ici !

Deux jeunes femmes, essoufflées, couraient derrière les chiens qui continuaient leurs jeux. L'une des deux s'arrêta devant moi, me dévisagea et s'étonna :

— Jeanne ?

L'émotion me coupa la respiration et je balbutiai :

— Louise ? Louise, est-ce bien vous ?

En une fraction de seconde, nous tombâmes dans les bras l'une de l'autre. Des larmes de joie coulèrent sur nos joues tandis que nous répétions : « Jeanne », « Louise ».

Notre étreinte dura plusieurs minutes, tant nous étions bouleversées, puis lentement, nous nous éloignâmes tout en essuyant discrètement nos joues.

— Ah, mon amie, dis-je, j'ai tant de bonheur à vous revoir... autant que j'ai eu de peine lorsque vous êtes partie pour Saint-Germain.

— Je n'aurais jamais imaginé connaître la joie de vous retrouver. Notre amitié était si forte lorsque nous étions à Saint-Cyr.

— Oh, je ne l'ai pas oubliée, croyez-le bien !

— Est-ce pour vous marier avec ce jeune homme que vous avez quitté notre Maison ? s'informa-t-elle.

Comme Adélaïde, Louise se méprenait sur ma situation, aussi je démentis :

— Non point, Jacques est mon frère jumeau. Après bien des pérégrinations, j'ai découvert que j'avais des parents et deux frères, qui sont parfumeurs à Montpellier.

— Voilà donc pourquoi vous étiez si douée pour confectionner les sachets de senteur !

— Sans doute. Hélas, la concurrence est rude dans la ville de Montpellier, et si nous n'obtenons pas la protection d'un grand de la cour, la parfumerie de notre père risque de disparaître. Nous sommes venus à Versailles afin de présenter nos produits à Sa Majesté... mais c'est bien difficile.

— Certes, je ne vous dirai point le contraire. Comme vous l'avez sans doute appris, je suis la fille du roi, mais si Sa Majesté me témoigne quelque attention dans son particulier, elle ne m'a point officiellement reconnue. Ma position est délicate et...

— Je comprends, mon amie, et je ne vous demande rien... répondis-je un peu à contrecœur. J'avais mis tant d'espoir en elle !

— Cependant, la reine Marie de Modène m'a en grande amitié et je peux sans doute vous obtenir une audience. Elle sera une bonne ambassadrice de vos articles s'ils ont le bonheur de lui plaire.

— Ce serait merveilleux !

Je lui nommai l'auberge où nous logions et elle me promit de me faire prévenir dès qu'elle aurait obtenu l'accord de la reine d'Angleterre. Puis elle courut rejoindre l'autre dame d'honneur qui, avec l'aide de deux jeunes valets, avait réussi à rattraper les chiens.

22

Jacques et moi attendîmes donc un signe de Louise.

Les journées s'écoulaient, monotones.

Je me reprochais de n'avoir pas interrogé mon amie sur sa situation. J'ignorais si elle avait réussi à retrouver sa mère. Notre conversation n'avait été centrée que sur moi et la parfumerie familiale. Mon égoïsme me mit fort mal à l'aise et je craignais bien qu'après la joie de nos retrouvailles Louise ne m'en tienne grief et n'écarte ma requête.

Oh, comme je m'en voulais !

Je me promettais, si par chance, elle se manifestait à nouveau, de lui prouver mon amitié de la plus tendre façon... mais la reverrai-je ?

L'angoisse me rongeait. Cependant, je ne dis rien à Jacques pour ne pas augmenter son inquiétude.

Plusieurs fois, il s'habilla et déclara :

— Je vais voir si je peux obtenir une entrevue avec le sieur Bontemps.

Ce n'était en fait qu'une façon de rompre l'ennui. Jacques, qui avait déjà essuyé un refus, manquait d'assurance pour se présenter à nouveau au premier valet. Je doutais donc de sa sincérité, mais je ne lui en fis jamais le reproche.

Je suppose qu'il profitait de ces moments pour déambuler dans les jardins, admirer les bosquets, les fontaines, les statues et peut-être même quelques demoiselles qui s'y promenaient également.

J'étais si nerveuse que l'idée de sortir de la chambre m'effrayait. Il me semblait que si je manquais le messager venu de Saint-Germain, toutes nos chances de réussir s'envoleraient.

Un valet se présenta enfin porteur du pli tant désiré.

— Louise a un cœur d'or ! m'exclamai-je, soulagée.

La reine Marie de Modène acceptait de nous accorder un entretien le lendemain sur les trois heures de relevée.

Loin de me calmer, cette nouvelle fit monter mon angoisse.

Et si nous ne parvenions point à charmer la reine ? Et si elle n'aimait point nos articles ? Et si elle nous renvoyait sèchement après avoir jugé que nos parfums n'avaient rien d'original ?

J'ouvris la malle contenant nos articles. Une fois de plus, je les humai, je les caressai du plat de la main, je dépliai délicatement les éventails, je tapotai les sachets de senteur, j'ouvris les boîtes de poudre pour en contrôler la blancheur, et j'examinai avec attention la précieuse fiole ronde contenant l'eau florale de mon invention pour m'assurer qu'elle n'était pas fêlée.

— Voyons, Jeanne, me gronda Jacques, vous avez déjà tout vérifié au moins dix fois.

Je bougonnai je ne sais quoi avant de replacer une à une toutes les pièces que père et moi avions imaginées et confectionnées. C'était un peu comme si je revenais près de lui dans le laboratoire et je murmurai pour lui comme pour moi : « Nous allons réussir, il le faut. »

Je ne pus avaler qu'une cuillère de potage et le sommeil se refusa à moi.

Au matin, je fis appeler Marguerite. Durant les trois jours où j'étais demeurée enfermée, je n'avais point eu besoin de ses services puisque je m'étais contentée de passer une robe de chambre sans prendre soin de porter un corset. À présent, j'avais envie d'être avenante pour paraître devant la reine.

Elle entra dans ma chambre en chantonnant et en m'annonçant :

— Il va faire une belle journée !

Sa bonne humeur fut communicative et chassa mes craintes comme par enchantement.

Je m'assis devant une toilette et elle s'occupa de me farder, de me coiffer et de me poudrer.

Puis elle saisit dans une malle une de mes tenues que Clothilde, avec le talent d'un véritable tailleur, avait soigneusement modifiée. Elle m'aida à me vêtir, lissa l'étoffe de soie prune, tourna autour de moi, resserra les liens de mon bustier, arrangea un pli, un ruban, et plaisanta :

— Vous allez faire tourner la tête à tous les gentilshommes de la cour !

— Oh, ce n'est point mon objectif. Pour l'heure, je voudrais simplement retenir l'attention de la reine d'Angleterre afin qu'elle consente à examiner nos marchandises. Avez-vous mis suffisamment de sachets de senteur dans l'ourlet du jupon ? Je me dois d'être l'ambassadrice de nos produits.

— Tous ceux que vous m'avez donnés... il n'en faut point trop tout de même.

— Assurément.

Quelques minutes plus tard, vêtu de son plus bel habit, Jacques entra dans la pièce d'un pas nerveux. Lui aussi avait caché dans les plis de son pourpoint des sachets, car il se dégageait de sa personne une odeur fraîche de lavandin.

— Allons-y, lança-t-il d'une voix qu'il s'efforçait d'affermir.

La chaussée entre Versailles et Saint-Germain était encombrée par de nombreuses calèches, charrettes, chaises à porteur et autant de carrosses. Notre cocher, habitué au calme, jura beaucoup, d'autant qu'une charrette transportant des tonneaux de vin se renversa dans la descente de Louveciennes, nous bloquant un long moment.

Jacques et moi, nous bouillions d'impatience, redoutant d'être en retard et d'indisposer la reine.

Nous arrivâmes, assez tourmentés, dans la cour du château quelques minutes avant l'heure de notre rendez-vous. Nous avions peu de temps pour mettre en place nos produits, alors que j'avais dans la tête mille idées pour les faire valoir.

Soudain, il m'apparut impossible de transporter la lourde malle qui contenait nos trésors sans nous transformer en ridicules portefaix ! Comment n'y avait-on pas pensé ?

Fébrile, j'ouvris la malle et, saisissant les quatre paniers d'osier nécessaires à la présentation, je les remplis vitement de sachets de coffre, sachets de poche, poudre de Chypre, d'ambrette, de violette, d'iris, pommade à la rose, au lilas, eau de millefleurs, de toilettes assorties de grands et petits sultans, de gants, d'éventails, de masques parfumés, de pastilles rondes à brûler, et de l'eau florale de ma création... celle qui portait tous nos espoirs.

Maudissant ce contretemps, j'essayai de disposer au mieux tout ce que nous avions apporté de Montpellier. Je nouai un ruban parme sur la poignée de l'un d'eux et y glissai une tige de lavandin, tandis que j'attachais un délicat bouton de rose séché sur un autre.

Jacques ne m'aidait point. Il tournait autour de moi comme une mouche agaçante.

Il n'avait aucun goût pour la décoration et puis il était si nerveux qu'il aurait pu laisser tomber nos articles sur le sol poussiéreux.

— Pressez-vous, pressez-vous, me répétait-il.

Les gens nous observaient d'un air goguenard et j'ouïs quelques réflexions fort désobligeantes. Je serrai les dents. Notre mission était par trop importante pour que ces médisants m'en détournent.

Je tendis deux paniers à Jacques, je saisis les deux autres et, relevant la tête pour nous donner du courage, nous nous dirigeâmes vers l'entrée afin de nous présenter à un majordome.

Lorsqu'il nous vit, il nous barra l'entrée de son bâton en tempêtant :

— Les livraisons se font dans les communs, vous n'avez rien à faire ici !

Je ravalai ma honte et ma colère pour lui répondre :

— Je suis l'amie de Louise de Maisonblanche, dame d'honneur de Sa Majesté, et la reine nous fait l'honneur de nous recevoir, car nous sommes maîtres parfumeurs.

Il ne s'excusa pas et grommela :

— Suivez-moi.

Nous parcourûmes une cour intérieure, puis nous entrâmes par une belle porte dans un bâtiment. Le majordome s'adressa à une dame qui, après nous avoir détaillés de la tête aux pieds sans aménité, nous dit :

— Sa Majesté vous attend.

Après que nous eûmes traversé plusieurs pièces richement meublées, deux jeunes valets nous ouvrirent les battants d'une haute porte. Mon cœur s'emballa et je jetai un regard vers Jacques afin d'y puiser de la force, mais sa mâchoire crispée me prouva qu'il était aussi incommodé que moi.

Nous pénétrâmes dans un salon dans lequel plusieurs dames assises sur des ployants, d'autres debout devisaient joyeusement. La reine – je supposais que c'était elle, car elle était la seule assise sur une chaise à bras – bavardait elle aussi avec entrain.

Sur un geste de la dame qui nous guidait, nous nous arrêtâmes sur le seuil. Je cherchai Louise dans l'assistance et je ne la vis point. L'angoisse me serra la gorge. J'avais espéré qu'elle serait là pour me servir d'intermédiaire.

Et tout à coup, une autre difficulté me paralysa : la révérence ! Je ne savais point la faire ! Nous l'avions bien étudiée à Saint-Cyr... mais cela me parut si lointain... À nouveau, je me tournai vers Jacques. Savait-il comment se comporter devant une reine ?

Oh, j'aurais voulu être à cent lieues de là !

Nous allions être gauches, trébucher, bafouiller, peut-être même renverser nos paniers, bref être ridicules et annuler nos chances de sauver la parfumerie familiale.

Notre guide nous annonça à la reine et celle-ci, souriante, une main tendue vers nous, nous dit :

— Venez nous montrer vos trésors !

Je plongeai dans une profonde révérence, mais comme je tenais mes deux paniers à la main, je ne pus soulever mes jupons et je priai le ciel de m'éviter la honte de chuter en me relevant. Jacques s'inclina en fléchissant un peu le genou. C'était plus facile.

Par miracle, je ne tombai point et, les jambes flageolantes, j'avançai vers Sa Majesté.

Certes, j'avais déjà vu notre roi et Mme de Maintenon nous avait plusieurs fois accordé de son temps pour nous faire des leçons de morale ou de piété... mais jamais ils ne m'avaient accordé un entretien en particulier... là, une reine était devant moi... pour moi... enfin pour ma famille. J'en avais si parfaitement conscience que la tête me tournait et mes oreilles bourdonnaient.

Dans mon affolement, aucun son ne franchit mes lèvres, mais j'entendis Jacques prendre la parole :

— Nous remercions profondément Votre Majesté d'avoir la bonté de nous accorder la possibilité de vous présenter les articles que notre famille élabore dans la bonne ville de Montpellier.

— Louise m'a appris que vous étiez ensemble à Saint-Cyr, mademoiselle ? me dit la reine.

Je réussis à articuler :

— Nous sommes très amies.

— Quel dommage qu'une répétition avec la musique de la chambre du roi l'ait retenue à Versailles ce jour d'hui. Vous auriez eu du plaisir à vous revoir.

— En effet.

— Montrez-nous ce que contiennent vos paniers.

Bien que ma main tremblât un peu, je pus sortir du panier sans rien lâcher sur le sol les pièces que nous y avions rangées. La reine les prenait, les humait, souriait, les passait à ses dames d'honneur :

— Ces sachets ont une odeur fraîche des plus agréables, déclara l'une d'elles.

— Ils contiennent des fleurs de lavandin avec une pointe de thym et de tubéreuse et ceux-ci sont à la rose et à l'iris, expliquai-je.

— Ils sont plus odorants que ceux que nous utilisons jusqu'à présent... et l'étoffe est de meilleure qualité...

— Et ces gants... de pures merveilles ! s'extasia une dame en passant sa fine main dans l'étoffe de soie brodée.

— Moi, ce sont les éventails parfumés qui ont ma préférence...

Je ne savais plus où donner de la tête. Les dames piochaient dans les paniers, babillaient et faisaient circuler entre elles les pièces sans que nous ayons besoin d'intervenir. J'étais si soulagée que j'adressai enfin un souris à Jacques. Il me le rendit en y ajoutant un clin d'œil complice.

Après un temps qui me parut court et long à la fois, la reine nous dit :

— Eh bien, vous avez su conquérir toutes mes dames et j'avoue que vos articles me séduisent aussi.

Je m'enhardis et, dépliant la soie pourpre qui enveloppait la fiole artistiquement soufflée par le maître verrier, je la présentai à la reine :

— Nous avons spécialement créé pour Votre Majesté cette eau florale à l'extrait de rose et de jasmin et nous l'avons enfermée dans un flacon de verre unique... Seule Votre Majesté en aura l'usage... Nous l'avons appelée l'eau de la reine Marie...

J'avais, la nuit durant, répété cette phrase pour la prononcer correctement.

— Quelle délicate attention ! se réjouit la reine en saisissant le flacon.

Elle le fit tourner entre ses doigts, faisant miroiter le liquide mordoré devant les bougies d'un candélabre et s'extasiant sur sa belle couleur et sa transparence.

J'étais sur des charbons ardents ! Allait-elle également en apprécier la fragrance ?

Elle fit sauter la capsule de cire maintenant le bouchon de liège, fit tomber une goutte du liquide sur son poignet, le respira, hocha la tête, le respira encore... Moi, je ne respirais plus...

Enfin, elle s'écria :

— Jamais, non jamais, je n'ai senti un effluve aussi agréable et nouveau... tenez, mesdames, qu'en pensez-vous ?

Le flacon circula entre les dames qui, à leur tour, poussèrent des cris de surprise et d'extase.

— Profitez-en bien, car ce parfum ne sera point pour vous ! plaisanta la reine. Il ne sera confectionné que pour moi ! Uniquement pour moi, n'est-ce pas, mademoiselle ?

— Si fait, Votre Majesté. Vous serez la seule au monde à le porter.

— Mais, afin de ne point fâcher mes dames, je vous autorise à leur confectionner un parfum différent de celui-ci, mais tout aussi agréable...

Les dames et demoiselles de compagnie rirent à ce bon mot.

— À l'avenir c'est donc la maison Matte de Montpellier qui nous servira et nous n'en voulons point d'autre, affirma la reine.

Le rouge du bonheur m'embrasa et je balbutiai :

— Je... je remercie, Votre Majesté... vous sauvez notre famille... Nous vous servirons avec zèle... et reconnaissance... je...

Sans paraître remarquer mon trouble, la reine conclut :

— Je suis heureuse de pouvoir aider des parfumeurs aussi talentueux.

Nous laissâmes nos paniers en offrande et nous quittâmes la place.

Cette fois j'avais envie de danser, de rire, de chanter !

Nous allions monter dans la calèche pour regagner notre logis lorsqu'une voiture s'arrêta à côté de nous. Louise se pencha à la portière et s'inquiéta :

— Est-ce que tout s'est bien passé ?

— Parfaitement. Nous pouvons, à présent, nous enorgueillir du titre de maistre parfumeur de Sa Majesté la reine d'Angleterre !

— Ah, tant mieux ! J'ai si fort regretté de ne pouvoir être là pour vous épauler.

— J'avoue que votre présence m'aurait réconfortée.

Me souvenant que j'avais, fort malencontreusement, omis de l'interroger sur sa situation, quelques jours auparavant, je remédiai à ma bévue en lui demandant :

— Et pour vous, mon amie, tout va comme vous le souhaitez ?

— Oh, oui. Je suis au comble du bonheur puisque je me marie dans dix jours, le 17 avril. D'ailleurs, je vous convie à venir partager ma joie en ce beau jour. L'abbé de Brisacier recevra notre engagement et la fête se poursuivra au château de Sauvage que le roi m'a offert et où nous nous installerons afin de fonder notre famille.

— Ah, je suis heureuse pour vous, ma chère Louise.

— Alors, à bientôt ! J'ai encore tant de choses à préparer !

4e Partie

LOUISE

23

Lorsque le père de Bertrand était allé faire sa demande au roi, ce dernier m'avait offert, avec ma dot, le château de Sauvage.

Ce domaine était proche du village d'Émancé sis à quelques lieues de Montfort-l'Amaury, berceau de la famille de Prez, mais à plus de douze lieues de Versailles.

Ce geste m'avait à la fois comblée, comme tout ce qui me venait de mon père, et fortement chagrinée, car cette maison m'éloignait de Versailles et de Saint-Germain. C'était un peu comme si Sa Majesté me disait : « À présent que vous allez vous marier, vivez donc loin de moi. »

Longtemps, j'ai ruminé cette phrase comme si je l'avais vraiment ouïe.

Mais que faire ?

Il n'était point dans ma nature de m'imposer à la cour. D'ailleurs, j'y allais rarement. Je me rendais parfois dans les appartements du roi, mais c'était de façon anonyme pour chanter avec la musique de la chambre. Je portais souvent un voile sur ma chevelure afin de ne point être reconnue. Ma position de bâtarde me gênait horriblement.

Heureusement, les sentiments que Bertrand et moi éprouvions l'un pour l'autre adoucissaient ma peine. Il me suffisait de ne point regarder en arrière mais d'imaginer le bel avenir que nous allions construire ensemble.

À l'annonce de mon mariage, la reine Marie et ses dames me félicitèrent avec sincérité, mais Mme de Monicelli, la plus ancienne de ses dames d'honneur, qui continuait à ne point m'apprécier, me dit un soir alors qu'avec Élise je regagnais notre chambrette sous les toits :

— Savez-vous que la dot de Louise-Françoise de Bourbon[1] s'élevait à un million en argent, auquel s'ajoutaient cent mille francs de pension et une grande quantité de pierreries, sans compter la vaisselle de vermeil et d'argent et tout le mobilier ?

— Cela m'indiffère ! avais-je répliqué.

---

1. Louise-Françoise de Bourbon (1673-1743) porte le titre de Mlle de Nantes. Elle est le troisième enfant que Mme de Montespan a eu avec Louis XIV. Elle a été mariée en 1685 à l'âge de douze ans à Louis III de Bourbon, prince de Condé (1668-1710).

La dot que me consentait le roi était de quarante mille livres. Une aumône en comparaison.

— La fête... que dis-je, poursuivit-elle, les fêtes ont été grandioses ! Il y avait bien sûr le Roi, le Dauphin, Monsieur, monseigneur le duc de Chartres, Monsieur le Prince et tous les grands du royaume !.

— C'est en effet un privilège que je n'aurai point.

— Il ne manquait plus que Mme de Montespan restée enfermée dans sa demeure de Glagny[1]. La jeune mariée avait une robe de brocart d'argent semée de diamants gros comme des pois et portait une queue de six aunes ourlée d'hermine.

— Cinq aunes, comme le veut la tradition, rectifia mon amie Élise afin de clouer le bec à la Monicelli.

— Non point, justement, cette princesse qui est la préférée de Sa Majesté avait obtenu une aune de plus. Et la couronne de diamants qui ornait sa chevelure étincelait de mille feux ! Elle ressemblait à une petite reine !

J'aurais voulu m'échapper pour ne point ouïr la suite, mais la Monicelli barrait la porte de toute son imposante personne.

— Le contrat fut signé à Versailles dans la chambre du roi, comme le veut la coutume pour

---

1. Mme de Montespan était toujours mariée. Reconnaître qu'elle avait eu des enfants en dehors du mariage était impensable à l'époque. La solution fut d'admettre que le roi était le père de ces enfants, mais qu'ils étaient nés de mère inconnue ! Le nom de Mme de Montespan ne figure donc pas sur les actes de naissance et de mariage de ses enfants.

les princes et princesses du sang, ce qui ne sera point votre cas.

— Cela n'a pas une importance capitale, assura mon amie Élise en me serrant le bras pour me réconforter.

La Monicelli pinça les lèvres et continua :

— Les fiançailles eurent lieu le lendemain avec promenade sur le canal, souper à Trianon, feu d'artifice. Tout y était riche et magnifique. La cérémonie religieuse eut lieu un jour plus tard dans la chapelle du roi et les réjouissances se déroulèrent durant deux journées.

On m'avait déjà conté les mariages des princes et princesses du sang, mais jamais avec cette volonté de me blesser, aussi je demeurai sans voix et sans réaction. Élise prit ma défense et, sans égard pour l'âge de la dame de compagnie, elle l'écarta de la porte en décrétant :

— Louise n'a que faire de tout cela ! Elle au moins va épouser un gentilhomme avenant qui partage ses sentiments et non, comme Mlle de Nantes, un homme hideux et malfaisant.

— Certes il n'est point beau, persifla la dame, mais il est duc et prince du sang, ce qui donnera le tabouret à son épouse[1].

— C'est sans aucun doute le destin dont vous rêviez ! riposta mon amie. Las, aucun gentilhomme

---

1. Avoir un tabouret, c'est avoir le privilège de s'asseoir en présence du roi et de la reine.

même vieux, laid et sans fortune n'a voulu de vous !

Mme de Monicelli porta une main à sa poitrine, la respiration coupée par la hardiesse des propos d'Élise.

— Oh ! éructa-t-elle entre ses lèvres pincées.

— Venez, Louise, nous avons assez entendu d'inepties !

Élise me poussa vers la sortie. Heureusement qu'elle me soutenait. Si elle n'avait point été là, je me serais peut-être écroulée sous les affronts répétés de cette harpie.

Cette conversation m'avait meurtrie. Mme de Monicelli avait exprimé à haute voix ce que je pensais au fond de moi. Oh, ce n'était ni la richesse, ni le tabouret, ni les aunes de la queue que j'enviais... mais tout cela prouvait que le roi avait Louise-Françoise en grande amitié et qu'il le faisait savoir... alors que je ne serais toujours que sa fille cachée.

Je ne contai point ce pénible entretien à Bertrand et je m'employai à l'oublier en consacrant mon temps et mon énergie à la préparation de notre mariage. Certes, il ne serait pas aussi luxueux que celui de Louise-Françoise, mais je voulais tout de même qu'il ne manque pas de faste. Non point par vanité, mais pour honorer ceux qui me feraient l'amitié de bien vouloir y assister.

Las, une autre déconvenue vint me perturber.

Je supposais qu'afin d'obtenir plus facilement l'accord de ses parents, Bertrand avait enjolivé ma situation. Tant et si bien que sa mère fut persuadée que le roi allait me reconnaître le jour de mes noces, qu'il serait mon témoin et qu'il signerait le registre.

Détestant le mensonge dans lequel j'avais, contre mon gré, baigné depuis ma naissance, je lui en fis un soir le reproche.

— Ah, ma mie, se défendit-il, je vous assure que je n'ai jamais affirmé à ma mère de telles sornettes... mais elle rêve tant de grandeur ! « Sa Majesté a bien reconnu ses autres enfants, il peut bien reconnaître Louise. Elle lui ressemble tellement qu'il ne peut point la renier », m'a-t-elle assuré.

— Il est vrai que nous avons beaucoup de traits du visage en commun... mais il est trop tard. Si le roi avait voulu me reconnaître, il l'aurait déjà fait.

— Je le sais, ma douce... mais mère continue d'espérer... Du sang bleu coule dans vos veines et elle veut que tout le monde le sache...

— Je crains fort que cela n'incommode Sa Majesté.

— Je le sais aussi... mais que faire ?

— Je vais expliquer clairement à madame votre mère de quoi il retourne.

Je le fis avec le plus de délicatesse possible. Sa réaction fut à la hauteur de ses espérances : démesurée. Elle me lança que ce mariage était une imposture à laquelle elle ne participerait pas, puis elle s'enferma dans sa chambre et refusa dès lors de me parler.

J'avais cru qu'elle tiendrait le rôle d'une mère, m'apportant douceur et compréhension, me conseillant et m'aidant dans mes préparatifs. Ma douce maman me manquait tant !

Je cachai ma déception et ma peine à Bertrand qui excusa sa mère en me disant :

— Elle avait tant d'ambition pour moi !

Piquée au vif, je lui rétorquai :

— Vous pouvez annuler notre union si elle ne vous satisfait plus.

Il me prit dans ses bras et murmura à mon oreille :

— Ah, ma mie, peu m'importe vos origines. C'est de vous que je suis épris et non du roi !

J'étais si heureuse de sa réponse que, sans aucune retenue, je lui tendis mes lèvres.

24

Pour l'heure, je ne pouvais pas abandonner ma charge de dame d'honneur de la reine Marie.

Je n'oubliais point que c'était grâce à l'intervention de Sa Majesté que j'avais pu quitter la Maison de Saint-Cyr et découvrir ainsi le secret de ma naissance. Elle m'avait également donné l'opportunité de développer mon don pour le chant et d'entrer dans la prestigieuse musique de la chambre du roi. Mon existence tout entière dépendait de la reine, j'avais à Saint-Germain des amies, quelques ennemies aussi, mais en tout état de cause, une vie des plus agréables.

Quitter ma charge, qui me permettait de subvenir correctement à mes besoins, n'aurait pas été une bonne opération. Ma dot serait à peine suffisante pour monter ma maison et Bertrand était encore bien jeune pour avoir des revenus importants.

Cependant, la reine m'octroya de nombreuses journées de vacances afin que je puisse organiser mon mariage.

Un après-dîner où nous nous étions diverties à lire de la poésie avec les demoiselles d'honneur, Sa Majesté me dit :

— Élise m'a confié que Mme de Prez ne vous secondait pas beaucoup... Vous méritez pourtant d'avoir un beau mariage, alors prenez le temps qui vous est nécessaire. Ne vous souciez point de votre tenue... j'ai convoqué mon tailleur et vous choisirez avec lui ce qui vous sied.

— Oh, Votre Majesté... il ne faut point... commençai-je émue.

— En général, ce sont les mères qui s'occupent de cela... mais puisque le destin vous a ôté la vôtre et que celle de votre époux refuse ce rôle, il me plaît de le tenir.

Je tombai à genoux pour baiser la main de la souveraine.

— Avez-vous déjà constitué votre maison[1] ? s'informa-t-elle.

— Je m'y emploie, Majesté.

— Ah, vous êtes bien seule pour gérer tout cela... Si vous avez besoin d'Élise, je lui accorde tout le temps nécessaire.

---

1. Ensemble des domestiques employés par des gens de qualité dans leur maison.

— Je remercie Votre Majesté. Élise me sera une aide précieuse.

Mon amie qui, avec les autres demoiselles d'honneur, s'était un peu reculée tandis que la reine me parlait m'adressa un clin d'œil complice et s'inclina en direction de la reine en ajoutant :

— Ce sera un plaisir, Madame, si, avec votre accord, je peux prêter assistance à Louise.

— Eh bien, l'affaire est entendue. Je vous détache un moment de ma maison et je vous nomme dame d'honneur de Louise de Maisonblanche sans que vous perdiez votre charge.

Élise, à son tour, plongea dans une profonde révérence.

Comme il était tard, Élise et moi quittâmes le service de la reine. En passant devant Mme de Monicelli qui, en tant que première dame d'honneur, allait assister au coucher de la souveraine, je vis sa mine renfrognée et cela me fut, je dois le confesser, un motif de pleine satisfaction.

Les journées s'écoulaient beaucoup trop vite !

Il y avait tant de choses à prévoir. Bertrand ne m'était point d'un grand secours. Il se contentait de me répéter :

— Voyons, ma mie, ne soyez point en souci, il ne s'agit, après tout, que de signer un registre et d'assister à une messe avant que vous ne soyez toute à moi !

Voilà bien les hommes ! Pour lui, notre mariage se résumait en quelques mots quand je voulais, moi, qu'il me permette de revoir mes amies afin qu'elles partagent mon bonheur. J'essayai de le lui expliquer :

— C'est que, vous le savez, je souhaite inviter mes anciennes compagnes de Saint-Cyr.

Il haussa les épaules.

— Est-ce bien nécessaire ? Mes parents ont choisi de ne convier que certains membres de la famille...

— Votre mère me l'a appris... mais c'est parce qu'elle ne veut pas s'exposer aux moqueries de ceux qui pensent que vous faites une mésalliance en épousant une bâtarde.

La dernière discussion que j'avais eue avec la mère de Bertrand m'avait profondément meurtrie. Jamais je ne m'entendrais avec cette femme et cela me contrariait fort puisqu'elle était la mère de l'homme que j'aimais.

— Ses propos ont dépassé sa pensée, et si vous voulez que vos amies soient présentes, je n'y vois, bien sûr, aucune objection...

Le pauvre Bertrand ne savait plus comment s'y prendre pour excuser les mufleries de sa mère. N'ayant pas envie de me fâcher avec lui, je le rassurai :

— N'en parlons plus... mais la présence de mes amies m'est indispensable.

Dès que j'eus prononcé cette phrase, la réalité me frappa. C'était impossible, car j'ignorais, pour la plupart, ce qu'elles étaient devenues. La tension nerveuse et la déception me firent monter les larmes aux yeux.

— Comment les prévenir ? J'ignore où elles sont... à part Isabeau qui œuvre dans la paroisse de Saint-Cyr avec les filles de la Charité et Jeanne que j'ai eu le bonheur de revoir à Saint-Germain.

— Séchez vos yeux, ma douce. Il doit bien y avoir un moyen pour les retrouver.

— J'ai croisé Henriette de Pusay il y a quelque temps dans les jardins de Versailles. Et je n'ai même pas eu la présence d'esprit de lui demander où elle logeait. « Elle », enfin, « il » venait d'être distingué par Sa Majesté, mais...

— Je ne saisis rien de votre langage...

Je lui expliquai pourquoi mon amie Henriette était devenue corsaire sous le nom d'Henri.

— Eh bien, Louis Phélypeaux de Pontchartrain, secrétaire d'État à la marine, doit connaître l'endroit où l'on peut joindre ce corsaire. Je demanderai à père d'intercéder en notre faveur.

— Je vous remercie... Quant à Charlotte, j'ai envoyé un pli chez ses parents dans le lieu du Vivarais... j'espère qu'il lui parviendra.

Tout à coup, une pensée illumina mon esprit :

— Il me souvient que Mme de Maintenon m'avait proposé de donner mes invitations à la supérieure de notre Maison afin qu'elle les fasse suivre aux familles de mes amies dont elle avait obligatoirement les adresses. Je vais préparer des plis pour Hortense, Olympe, Éléonore, Adélaïde et Gertrude.

— Je comprends. De mon côté, n'imaginez pas que je reste les bras ballants. J'ai pensé engager une troupe de théâtre pour égayer la soirée.

— Quelle bonne idée !

— Un ami de mon père, le marquis de Pierrefonds, a, il y a peu, assisté au spectacle donné par une troupe ambulante dont il m'a dit le plus grand bien. Elle a joué à Chantilly devant le prince de Bourbon-Condé. Elle loge en ce moment à l'auberge de la Porte Saint-Martin en attendant de reprendre la route.

— Alors, contactez-la vite. De mon côté, je vais m'occuper avec les cuisiniers de commander tout ce qui est nécessaire pour les buffets.

— Songez, ma mie, que notre bourse n'est point dodue et que notre mariage se fera dans la simplicité.

— J'ai bien noté qu'il y a peu d'invités de votre côté et que, du mien, il n'y aura probablement que mes anciennes compagnes... mais ce n'est pas une raison pour ne rien mettre dans les assiettes.

— Certes.

— Je dois voir aussi avec les jardiniers l'agencement des vases et des arbustes ainsi que la possibilité de dresser des tables dans les jardins. Il faudra aussi commander un grand nombre de chandelles, flambeaux et bougies pour éclairer le parc dès que la nuit tombera et sans doute engager quelques garçons pour prêter main-forte aux gens de notre maison.

Bertrand insista :

— Soyez simple, ma mie...

Je m'emportai :

— J'ai été simple et modeste ma vie durant ! Il me semble que le jour de mon mariage est bien celui où je peux me laisser aller à quelques excès !

Bertrand m'entoura la taille de son bras et se moqua gentiment :

— Moi qui vous croyais aussi sage qu'une image, voilà que vous vous révélez être un volcan !

Son geste tendre et son souris suffirent à me calmer. Je m'excusai :

— C'est que je prends tant de plaisir à tout régler. Je veux que ce premier divertissement de ma nouvelle vie soit parfait afin que ceux qui y assistent en gardent toujours le souvenir.

Il m'embrassa dans le cou en murmurant :

— Moi, c'est notre première nuit ensemble que je veux à jamais garder en mémoire.

CHAPITRE

25

J'avais utilisé toute mon énergie dans la préparation de la cérémonie et de la fête et je ne savais plus si j'avais hâte que ce 17 avril arrive ou si je le redoutais. De toute façon, je n'avais point le choix, et lorsque l'aube éclaira la fenêtre, alors que je n'avais presque pas fermé l'œil de la nuit, je pensai : « Voilà, c'est ce jour d'hui. »

La veille, Bertrand et ses parents d'un côté, le sieur Bontemps, l'abbé de Brisacier et moi de l'autre, nous nous étions retrouvés pour signer le contrat de mariage. J'avais souffert, en le cachant le mieux possible, de n'avoir aucune famille proche pour parapher le registre et de devoir me contenter du premier valet de Sa Majesté et de l'abbé, ami de ma mère. Et surtout, la honte, m'avait une fois de plus rougi le front lorsque l'officier qui lut le contrat à haute voix stipula en baissant d'un ton que mes parents étaient inconnus. Mme de Prez poussa une sorte de gémissement que nous feignîmes de ne point entendre.

Alors, je décidai de signer le registre de mon véritable nom et, pour la première fois, j'inscrivis au bas de la page : *Louise de Bourbon-Maisonblanche*[1].

Les personnes présentes échangèrent un regard étonné, mais personne n'osa me faire une réflexion.

Bertrand me saisit le bras pour me montrer son soutien et, avant de nous séparer au sortir de l'immeuble, il me dit :

— Demain, ma mie, vous serez toute à moi... le reste n'a que peu d'importance.

Son père me serra la main chaleureusement, mais sa mère me salua brièvement en pinçant les lèvres.

Élise entra dans ma chambre, tira les lourds rideaux occultant les fenêtres et me dit en écho à ma propre pensée :

— Voilà, c'est ce jour d'hui.

Un souris détendit mes traits. Nous nous entendions si bien toutes les deux !

1. C'est effectivement de ce nom que Louise signe tous ses papiers officiels.

Elle m'avait aidée à établir la liste de mes gens de maison et à engager ceux que l'on m'avait recommandés ou ceux qui s'étaient présentés d'eux-mêmes à Sauvage parce que le bruit avait couru alentour qu'un jeune couple s'installait et cherchait des domestiques. Ce ne fut point une tâche désagréable et j'essayai de donner leur chance à des gens n'ayant pas servi dans de grandes familles mais qui me paraissaient honnêtes et courageux.

J'avais choisi Cathy, une fillette de quinze ans, sur les recommandations d'Isabeau. Elle vint se présenter accompagnée d'une fille de la Charité qui me tendit un pli signé de la main de mon amie.

Ma bonne Louise, j'ai appris que vous composiez votre maison de Sauvage et je me permets de vous recommander Cathy Vialet, elle est sans famille et élevée dans notre institution depuis cinq ans. Elle est sage, pieuse, honnête et travailleuse. Vous feriez une action charitable en l'engageant et je suis certaine qu'elle aura à cœur de vous bien servir.

À bientôt.

Isabeau.

Comme je n'étais point vaniteuse, la liste ne fut pas très longue, mais suffisante pour respecter le rang de la famille de Prez et le mien.

La reine d'Angleterre avait tenu sa parole.

Elle m'avait guidée dans le choix d'une superbe étoffe de brocart bleu brodée de fil d'argent.

— La soie a été tissée à Lyon, nous avait appris le tailleur. Le travail des soyeux de cette ville dépasse en qualité ce que produisent l'Italie et même la Chine...

— M. Colbert encourage la production de tout ce qui est français, avait ajouté la reine, et c'est un honneur de l'aider dans cette mission.

Le résultat fut bien au-delà de ce que j'avais pu rêver. À dire vrai, je trouvais ma tenue presque trop luxueuse... mais Sa Majesté ne voulut rien entendre de mes protestations.

— Il faut faire honneur à votre père même s'il n'est point là et honneur à votre maman qui vous regarde du haut des cieux.

Je me redressai. La reine avait raison. Le sang des Bourbon coulait dans mes veines, et puisque je devais le taire, qu'au moins ma mise soit à la hauteur de ma naissance. Quant à ma mère, elle aurait été si fière de me voir ainsi parée et si heureuse que j'épouse l'homme pour qui j'éprouvais de tendres sentiments.

Ce matin-là, Élise et Cathy s'occupèrent à me préparer.

J'étais nerveuse.

Bertrand n'avait point dormi sous le même toit et j'attendais impatiemment son arrivée. Beaucoup moins celle de sa mère. Je craignais que, par dépit, elle ne s'évertue à gâcher notre mariage par quelques pointes acérées, ou en boudant pour bien marquer son désaccord.

Mais j'attendais aussi mes compagnes de Saint-Cyr. Quel affront si je me retrouvais seule, sans famille, sans amie, alors que j'avais tout prévu pour une foule d'invités !

De la cour, habituellement si calme à cette heure-là, me parvenaient des bruits : roulement de tonneaux, grincement de charrettes, claquement des sabots des valets sur les pavés, hennissement des chevaux, appels, rires, disputes. Tout le monde s'affairait. De la fenêtre, j'apercevais des valets transportant des planches, des bûches, des chaudrons fumants, des servantes chargées de piles de linge, de branchages verdoyants, de vaisselles. Le majordome que j'avais engagé avait dû donner les ordres en conséquence, car tout semblait se dérouler sans anicroche.

Cela me rassura un peu.

Cathy m'aida à enfiler mes bas, mes jupons, ma chemise fine. Élise me passa la volumineuse jupe de brocart et attacha le bustier rehaussé de broderie. Ce n'était pas si aisé. Le bustier était par trop ajusté et Cathy le serra tant que je ne pouvais plus respirer.

— Oh, je vous en prie, me plaignis-je, assouplissez le laçage, ou je vais tomber en pâmoison dès que j'ouvrirai la bouche.

Elles m'obligèrent ensuite à m'asseoir devant la toilette pour me coiffer, me farder, me parfumer... mais toutes les minutes, je me levais d'un bond, croyant avoir reconnu la voix d'une de mes amies dans la cour, avoir ouï les roues du carrosse royal ou ceux d'un prince ou d'une princesse qui me ferait l'heureuse surprise d'assister à mon mariage.

— Voyons, Louise, nous ne pouvons pas travailler correctement si vous bougez sans cesse, me gronda Élise.

Je demeurai assise un peu plus longuement tout en soupirant et en tournant souvent la tête vers la fenêtre.

Cathy qui se révélait être une habile camériste boucla mes cheveux au fer, puis les attacha avec des rubans de soie. Elle me poudra abondamment, me farda un peu les joues et les lèvres afin de faire ressortir la blancheur de ma peau. Élise piqua dans ma chevelure des poinçons de perle hérités de ma mère et que je tenais absolument à porter.

Je crois bien que ma préparation dura plus de trois heures !

Une soubrette entra dans ma chambre, un bouquet de tubéreuses blanches et bleues à la main.

— Oh, des fleurs assorties à ma tenue, m'étonnai-je en plongeant le nez dans les clochettes parfumées.

— Un homme qui prétend être jardinier à Versailles vient de déposer ce bouquet pour...

— Joseph ! m'écriai-je, c'est Joseph ! Faites-le entrer...

— Il est déjà reparti. Il a marché une partie de la nuit pour arriver jusqu'à Sauvage et...

— Vite, rattrapez-le ! Je veux le remercier !

Joseph était, après tout, ma seule famille. Nous avions tété le même lait et subi les mêmes souffrances. Il m'avait soutenue durant ma petite enfance, et, juste retour des choses, je lui avais trouvé une situation. Nous étions quittes... et pourtant, il avait tenu à faire ce geste d'amitié... Joseph était un véritable chevalier, comme celui qui, dans les chansons de geste, reste toujours fidèle à sa dame. Cette idée me fit du bien.

La soubrette sortit en courant. Je me mis à la fenêtre pour guetter son retour en me mordant nerveusement les lèvres.

Soudain, il parut dans l'encadrement de la porte, un chapeau informe à la main, ses braies maculées de terre, gauche et timide. Je me retins de le serrer dans mes bras. Cela l'aurait sans doute mis mal à l'aise et ce n'était point ainsi que devait se comporter une dame de qualité. J'adoptai un ton neutre, mais le tutoiement familier me vint sans que j'y prête attention.

— Joseph ! Quel bonheur de te revoir ! Comment t'habitues-tu à ta nouvelle existence ?

— Je crois que je donne satisfaction... Je... je vous remercie encore...

Il portait sur moi un regard admiratif qui me gêna, aussi j'enchaînai :

— Ce bouquet est magnifique et les fleurs sont assorties à la couleur de ma robe.

— C'est que... je me suis renseigné... ça n'a point été facile... mais... Je les ai cueillies dans la nuit avec l'autorisation de mon maître... et puis je me suis mis en chemin...

— Et tu as parcouru toutes ces lieues pour moi ?

— En souvenir de notre enfance... je...

L'émotion nous gagnait. Je toussotai pour affermir ma voix.

— Je les porterai à l'église et, après la bénédiction, je les offrirai, comme le veut la tradition, à Notre Dame afin qu'elle protège notre couple.

— Je suis heureux d'avoir pu vous voir quelques minutes en ce beau jour... et je vous félicite.

— Je suppose que tu ne peux rester ?

— Non. Ce matin, nous devons planter une nouvelle dentelle de buis dans le parterre nord et le sieur Le Bouteux exige que tous ses jardiniers soient présents. Je vais devoir courir pour ne point être en retard.

— Je vais demander que l'on te prête un cheval...

— Non, non. J'ai l'habitude de marcher et...

Je chassai de la main ses objections et j'ordonnai à Cathy :

— Accompagnez ce jeune homme jusqu'aux écuries !

Puis je me tournai vers Joseph :

— Que Dieu te garde, mon ami.

Je demeurai un moment alanguie, le cœur chaviré de tendresse. J'espérais que cette journée m'apporterait d'autres bonheurs de la même espèce.

— Asseyez-vous, je dois retoucher vos lèvres, me tança Élise.

Je venais juste de me poser sur le ployant afin d'être à la hauteur des mains expertes de mon amie, lorsque la jeune soubrette qui m'avait annoncé Joseph pénétra dans la chambre.

— Une demoiselle Jeanne de Montesquiou veut vous parler.

Voilà que mes souhaits commençaient à se réaliser :

— Faites-la vite entrer ! m'exclamai-je joyeusement.

Jeanne s'avança, un petit panier d'osier à la main.

— J'espère que je ne vous dérange point... il est encore tôt... mais je voulais vous offrir des gants parfumés et aussi des sachets de senteur... et aussi bien sûr, vous féliciter...

— Ah, mon amie, je suis si heureuse que vous soyez là... Je craignais tant qu'aucune de mes compagnes n'ait jugé utile de se déplacer...

— Oh, Louise, comment pouvez-vous dire cela ! Nous étions si tendrement unies à Saint-Cyr. Je gage que toutes celles qui auront reçu votre invitation feront l'impossible pour être présentes.

— Vous le pensez vraiment ?

— Vraiment.

Il me parut qu'un poids s'envolait de ma poitrine.

Élise glissa dans les ourlets de mes jupons les sachets de senteur de Montpellier et toute ma chambre embauma.

— La reine Marie a eu raison de vous faire confiance, assura-t-elle, jamais je n'ai rien senti d'aussi agréable.

Jeanne sourit.

— Nous avons retardé de quelques jours notre retour à Montpellier afin d'assister à votre mariage.

— Cela me touche.

— Nous marier avec un gentilhomme correspondant à nos attentes était notre rêve lorsque nous étions à Saint-Cyr. Nous en avons si souvent parlé la nuit dans le dortoir ! Vous êtes la première à le faire. Manquer cet événement m'aurait fort chagrinée.

— À ce propos, accepteriez-vous d'être mon témoin à l'église ?

— Oh, il me semble que vous devez en avoir de plus prestigieux !

— Non point. Aucune personne de qualité ne s'est manifestée pour ce rôle et la sincère amitié qui nous lie remplacera avantageusement les titres de noblesse.

— Alors ce sera un honneur et une joie... Mais peut-être voulez-vous choisir d'autres témoins parmi vos compagnes. Avez-vous pu les joindre comme vous l'espériez ?

— J'ai fait au mieux, mais combien recevront mon message et combien pourront se déplacer ?

— Il y a peu, dans les jardins de Versailles, j'ai croisé Adélaïde de Pellissier au bras de son promis.

— Adélaïde ! Elle était si secrète à Saint-Cyr... Je serais heureuse de savoir ce que la vie lui a réservé.

— Si votre invitation lui est parvenue, elle viendra sûrement. Je gage qu'elle aussi aimerait revoir les demoiselles de notre Maison.

— Eh bien, nous serons au moins trois !

— Je vous laisse vous apprêter, je vais rejoindre mon frère qui m'attend dans le jardin. À tout de suite !

26

Après le départ de Jeanne, je demeurai songeuse. Si mon union avec Bertrand qui me comblait me permettait de revoir mes anciennes compagnes, ce jour d'hui serait probablement le plus beau de ma vie.

Avais-je mérité ce bonheur ? Un frisson me parcourut.

— Le moment est venu de vous rendre à l'église, déclara Élise.

— Déjà !

Élise m'adressa un regard interrogateur et vaguement inquiet.

— N'est-ce pas ce que vous souhaitez le plus ardemment ? s'étonna-t-elle.

— Si fait... mais...

Comment expliquer l'inexplicable ? Certes être l'épouse de Bertrand me comblait... mais affronter le regard réprobateur de sa mère m'angoissait. Avancer vers l'autel sans le bras solide d'un père, sans le regard ému de ma douce mère, sans l'appui d'une famille : oncles, tantes, cousins... sans avoir la chaleur des amies de mon enfance... me parut tout à coup insurmontable.

Je me sentis désespérément seule.

— Je serai là, me souffla-t-elle, Jeanne également... et peut-être quelques-unes de vos autres compagnes. Sa Majesté la reine d'Angleterre sera sûrement représentée.

— Je suis ridicule, je sais... me défendis-je.

— Non point, mon amie...

Mais je vis bien qu'elle ne trouvait point de mots pour me réconforter.

Tout à coup, je pensai à Bertrand... aux tendres sentiments qui nous unissaient. Les forces me revinrent. Je redressai la tête, saisis le bouquet offert par Joseph et j'affirmai :

— Je dois faire honneur à Bertrand. C'est pour lui seul que je me suis apprêtée. Le reste n'a point d'importance.

— Voilà qui est bien parlé !

Et c'est d'un pas ferme que je me dirigeai vers la calèche qui me conduirait à l'église.

Je fus surprise de voir que plusieurs voitures étaient rangées dans la cour.

Qui donc avait fait le déplacement pour assister à mon mariage ?

Une dame, enveloppée dans une mante brune, était occupée à descendre d'une calèche, aidée par un gentilhomme. Je m'arrêtai afin de les saluer comme il se doit. Un tourbillon de vent fit tout à coup choir le capuchon de la mante, libérant des boucles rousses que je reconnus immédiatement :

— Hortense ! m'écriai-je.

— Louise ! lança-t-elle à son tour en se précipitant vers moi.

Nous nous étreignîmes et, malgré mes efforts pour ne point détruire le travail d'Élise, l'émotion me gagna et les larmes ruisselèrent sur mes joues. Puis, me ressaisissant, je l'interrogeai :

— Ainsi, mon invitation vous est bien parvenue !

— Non point, c'est celle que vous avez adressée à Charlotte qui m'a appris votre mariage.

— Charlotte est avec vous, quelle joie ! m'exclamai-je en parcourant la cour du regard.

— Non. Je suis avec son frère, Simon, avec qui je dois m'unir d'ici peu.

— Mais oui... je me souviens ! Vous aviez croisé son regard lors de la représentation d'*Esther*... ainsi le trouble que vous aviez ressenti s'est transformé en un tendre sentiment.

— En effet... mais cela m'a valu de multiples aventures qu'il faudra que je vous narre...

Simon s'approcha de nous et, après nous avoir fort courtoisement saluées, il prit la parole :

— Las, Charlotte n'est pas avec nous.

— Elle a épousé son cousin François et ils n'ont pas pu se libérer ?

— Vous n'y êtes pas. Elle s'est fâchée avec François en s'opiniâtrant à rester huguenote. Elle s'est même enfuie de chez ses parents pour suivre un nommé Cavalier, un camisard qui sème la terreur dans les Cévennes.

— Décidément, Charlotte sera toujours une rebelle, dis-je avec, je l'avoue, un brin d'admiration.

— Elle met toute sa famille dans une bien pénible situation, ajouta Hortense.

— Pourtant, comment lui en vouloir ? Elle reste fidèle à elle-même... et à sa religion. Elle nous a toujours dit qu'elle avait du mal à se conformer aux préceptes de la religion catholique.

Soudain, comme si l'information revenait brutalement à sa mémoire, Hortense ajouta :

— J'ai des nouvelles de Gertrude et d'Anne !

— Oh, Seigneur, Gertrude...

Et les effroyables images de la terrible punition qu'elle avait subie s'imposèrent à mon esprit.

— Est-elle toujours à la prison des Madelonnettes[1] ?

1. Lire *Gertrude et le Nouveau Monde*.

— Non point.

Soulagée, je lui coupai la parole un peu trop vite sans doute.

— Ah, tant mieux ! Mon invitation lui est peut-être parvenue.

— J'en doute, mon amie. Elle est partie pour le Nouveau Monde. Héloïse, la sœur de Simon, qui s'y est installée avec son époux l'a rencontrée par le plus pur des hasards.

— Oh, si loin... j'espère qu'elle a enfin trouvé la paix et le bonheur. Et que savez-vous d'Anne ?

— Anne a choisi d'aller rejoindre son amie à Québec...

— Je suis contente pour elles deux. Un lien si fort les unissait... mais nous ne reverrons donc ni Anne ni Gertrude et cela me peine.

— Ah, ma chère Louise, il faut ne point être égoïstes et accepter que nos compagnes soient heureuses loin de nous.

— Vous avez raison.

Élise me tirait par le bras pour m'entraîner vers la calèche.

À cet instant, je vis une dame traverser la cour dans ma direction. Je mis ma main en visière au-dessus des yeux, car le soleil m'empêchait de bien la distinguer. Bien qu'elle ne portât point les vêtements masculins dans lesquels je l'avais vue quelques mois plus tôt dans les jardins de Versailles, je la reconnus vitement :

— Henriette !

— Je vous avais promis d'assister à votre mariage et je tiens toujours mes promesses.

— Luc-Henri, votre promis n'est point avec vous ?

— Il court les mers ! Et il juge que la place d'une femme n'est point sur un bateau. De ce fait, il m'oblige à rester à terre...

— Et je gage que cela ne vous plaît guère.

— En effet...

Se penchant à mon oreille, elle ajouta, mutine :

— J'attends la première occasion pour lui désobéir.

— Ah, je vous reconnais bien là ! Voyez, Hortense est là, elle aussi... et Jeanne est arrivée quelques instants avant vous.

— Ah, mon amie, soyez bénie pour nous donner l'occasion de toutes nous revoir !

Cette phrase me redonna le souris et je montai enfin dans la calèche.

27

Pendant le trajet, je ne pus m'empêcher d'imaginer que, peut-être, mon père serait présent... J'avais prié avec tant de ferveur pour cela ! Et même s'il ne voulait point m'accompagner jusqu'à l'autel, afin de ne pas reconnaître publiquement notre filiation, il viendrait discrètement me féliciter à la fin de la cérémonie.

Lorsque nous arrivâmes devant l'église, j'écartai le parement de velours occultant la portière afin de voir si la place était vide, ce qui aurait été des plus affligeants. Je fus rassurée, car des groupes s'étaient formés devant les marches.

Un valet ouvrit la portière et descendit le marchepied.

Je m'attendais à ce que Bertrand m'accueille. Je ne le vis point. Cela m'inquiéta. Avait-il tout soudainement renoncé à notre union ? Était-il souffrant ? S'était-il blessé ? Sa mère l'empêchait-elle de venir ?

Je me retournai vers Élise afin d'avoir son avis, mais elle s'éloignait vers deux dames d'honneur sans doute envoyées par la reine d'Angleterre. Tourmentée, je les saluai brièvement d'un hochement de tête et, afin de ne pas rester comme un piquet à côté de la voiture, j'arrangeai un peu l'étoffe de ma jupe.

À cet instant Isabeau et Victoire s'avancèrent vers moi.

— Vous êtes ravissante ! me dit Isabeau.

— Merci.

Je cherchais Mme de Maintenon. J'espérais qu'elle serait venue afin de représenter la Maison de Saint-Cyr et aussi le roi. Isabeau surprit mon regard et elle m'expliqua, visiblement gênée :

— Mme de Maintenon n'a point pu se libérer...

— Je comprends, lâchai-je du bout des lèvres.

Afin de ne point déplaire à son époux, la marquise avait choisi de ne point paraître au mariage de celle que le roi se refusait obstinément à reconnaître officiellement comme sa fille.

Je cachai mon dépit et j'enchaînai :

— Et vous, Victoire, vous voilà une véritable demoiselle...

— Je suis dans la classe jaune à présent et j'ai le bonheur d'avoir été remarquée par la princesse

Marie-Adélaïde de Savoie qui doit sous peu épouser le petit-fils de Sa Majesté. Grâce à l'amitié de cette princesse, on m'accorde quelques libertés... dont celle d'assister à votre mariage.

— Alors remercions cette princesse.

Une nouvelle épine vint se planter dans mon cœur. Cette demoiselle allait, elle, se marier en présence du roi... Je chassai cette pensée en lançant :

— Jeanne, Hortense et Henriette vont arriver tantôt. Elles étaient avec moi à Sauvage.

— Ah, quel bonheur de les revoir ! Quant à moi, j'ai une surprise pour vous. Regardez qui vient vers nous au bras de son promis ?

Je me tournai dans la direction qu'Isabeau m'indiquait.

— Adélaïde ! m'écriai-je.

— J'ai eu le temps de bavarder un moment avec elle, ajouta Isabeau. Elle m'a conté sa vie après son départ de Saint-Cyr. Elle a dû surmonter bien des épreuves.

J'embrassai Adélaïde et je lui dis :

— Vous faites, vous aussi, partie de ma vie à Saint-Cyr, même si nous nous connaissions peu. Je suis heureuse de voir que pour vous aussi le ciel a été favorable.

— Oui. Parfois, il prend des détours étranges et se plaît à nous faire souffrir, mais comme à moi, il vous offre, ce jour d'hui, le bonheur.

Bientôt, d'autres calèches s'arrêtèrent devant l'église.

Je guettais les occupants, espérant que l'une d'elles me livrerait Bertrand.

Las, ce n'était point lui. Il lui était arrivé malheur, c'était certain. J'avais envie de courir près de lui... mais où était-il ? Comment être accueillante alors que l'inquiétude me rongeait.

Des cris de joie éclatèrent çà et là, car des voitures descendirent Jeanne et son frère, Hortense et Simon, Henriette et son promis qui découvrirent Isabeau, Victoire et Adélaïde.

L'émotion me gagna :

— Ah, mes chères amies, je craignais de n'avoir personne près de moi pour partager mon bonheur, et vous voilà...

Nous échangeâmes pendant quelques minutes des nouvelles des unes et des autres dans un joyeux charivari, mais l'angoisse ne me quittait point. Par politesse, j'essayai de poursuivre la conversation.

— Quel dommage que Charlotte ne soit pas avec nous... et Olympe également.

Tout à coup, un cheval arriva au galop. Le cavalier qui le montait tira promptement sur la bride et sauta lestement de la selle. Tous les regards se tournèrent vers lui. C'était Bertrand, les vêtements couverts de poussière et la perruque de travers. Le sang afflua à mes tempes... Au mépris de toute convenance, je me jetai dans ses bras. J'avais eu si peur qu'un événement ne l'empêchât de venir. Il me serra convulsivement contre lui en m'expliquant :

— Ah, ma mie ! La calèche où j'avais pris place avec mon père a rompu son essieu dans une ornière. Nous avons versé dans un fossé.

— Seigneur !

— Père est blessé. J'ai couru chercher un médecin, puis j'ai raccompagné mon père chez lui afin qu'il puisse être soigné. Tout cela a pris beaucoup de temps... J'ai imaginé votre inquiétude, mais...

— Remercions les cieux de vous avoir gardés en vie.

— Ensuite, j'ai enfourché un cheval et j'ai galopé jusqu'ici. Je ne dois être guère présentable pour un futur époux.

— Cela n'a point d'importance. Vous êtes là et nous allons nous marier.

— Je dois vous apprendre que mère n'assistera point à notre union. J'ai essayé de la convaincre jusqu'au dernier moment... mais elle a un caractère difficile... et... je...

— N'en parlons plus, mon ami... Vous serez donc sans vos parents, comme je suis sans les miens... cela ne pourra que nous rapprocher encore.

Il me baisa tendrement la main et cela me combla.

— Monseigneur le duc du Maine qui m'honore de son amitié a accepté d'être mon témoin, le second sera mon parrain, le sieur Duvernet, poursuivit-il.

— Quant à moi, ce sont le sieur Bontemps et ma tendre amie Jeanne qui auront cette fonction.

Élise me porta le bouquet offert par Joseph et me souffla :

— Il est l'heure.

L'abbé de Brisacier vint nous accueillir sur les marches de l'église et nous y pénétrâmes.

Des violons se mirent à jouer et j'eus la surprise d'ouïr les voix mélodieuses de Marguerite et Geneviève de Brion venues célébrer, à leur manière, mon union.

Je souris.

Contrairement à ce que j'avais craint, je n'étais point seule.

CHAPITRE

28

Je sortis radieuse de l'église.

En déposant le bouquet offert par Joseph aux pieds de la Vierge Marie, il me sembla que je lui avais abandonné toutes mes années de souffrance. L'avenir me parut plein de belles promesses de bonheur.

J'offris mon visage souriant à Bertrand. Il me baisa délicatement les lèvres.

— Ma mie, me dit-il, vous souvenez-vous que vous m'avez laissé choisir la troupe de théâtre qui doit nous divertir ce soir ?

— Parfaitement.

— Eh bien, par le plus pur des hasards, il se trouve que l'une des comédiennes a été, comme vous, pensionnaire de la Maison royale d'éducation.

— Ah, mon ami, ne me faites point languir... de qui s'agit-il ?

— Olympe de Bragard.

— Olympe ! Elle avait le rôle d'Élise dans *Esther* et je crois me souvenir qu'elle rêvait de devenir comédienne.

Il fit un geste de la main et une demoiselle se détacha du groupe qui venait de sortir de l'église. À dire vrai, je ne l'aurais point reconnue. Nous nous étions peu fréquentées à Saint-Cyr. Elle avait un tempérament renfermé et le secret de ma naissance me rendait timide. Nous nous ressemblions sur beaucoup de points et nous aurions pu devenir de bonnes amies. Mais j'avais quitté notre Maison au moment où l'amitié aurait pu naître entre nous. Je l'avais toujours regretté.

— Je n'imaginais pas que le théâtre me permettrait de renouer des liens avec mes compagnes de Saint-Cyr, me dit Olympe.

— Pourquoi ne pas être venue me parler dès mon entrée dans l'église ?

— Malgré les encouragements de M. de Prez, je n'étais pas certaine que ma présence vous soit agréable.

— Retrouver en ce beau jour les compagnes qui ont partagé mon existence à Saint-Cyr était mon souhait le plus cher. Mais nous avons toutes eu des destinées si différentes que je doutais de pouvoir seulement en revoir une ou deux...

— Vous avez réussi au-delà de vos espérances ! affirma-t-elle en désignant de la main le groupe de nos compagnes. Mais voilà que je manque à mes devoirs... je vous félicite donc ! Je suis sincèrement heureuse que vous ayez enfin trouvé le bonheur que vous méritiez.

— Quant à vous, si j'ai bien compris, vous avez réalisé votre rêve puisque vous êtes comédienne.

— Cela a parfois été difficile... mais à présent, je... le moment est mal choisi pour que je vous conte ma vie... Je vous présente Roman, comédien, mon promis. Nous nous marierons sous peu...

Un jeune homme sortit du groupe et s'inclina devant moi un peu cérémonieusement, comme s'il était un valet s'inclinant devant une reine.

— Je vous adresse mes compliments, me dit-il.

— Nous comptons sur vous et votre troupe pour nous divertir agréablement ce soir, ajouta Bertrand.

— Pour cela, nous devons rejoindre vitement le parc de Sauvage afin d'installer au mieux notre matériel et nos décors.

— Oh, j'ai hâte de vous voir sur scène ! dis-je à Olympe avant qu'elle ne s'éloigne avec son promis vers un chariot bâché rangé à l'écart des autres voitures.

Soudain, un gentilhomme, sorti de je ne sais où, s'avança vers moi, le visage dissimulé par les rebords d'un chapeau. J'eus tout d'abord un mouvement de recul. Cet inconnu ne devait guère avoir la conscience tranquille pour se cacher de la sorte... En voulait-il à ma vie ? Bertrand se plaça devant moi afin de me protéger et interpella vertement le quidam :

— Holà, monsieur, éloignez-vous ou j'appelle à l'aide.

— C'est moi, Charlotte, murmura alors une voix féminine.

— Charlotte ? Mais je vous croyais dans les Cévennes avec un certain Cavalier...

— Parlez moins fort, je vous en prie... il y va de ma vie... je suis un camisard et la police du roi serait bien aise de m'arrêter... c'est pour cela que je suis déguisée.

— Il n'y a aucun membre de la police ici. Vous n'avez donc rien à craindre.

— J'ai reçu votre lettre m'annonçant votre union alors que j'étais chez mes parents en Vivarais et Hortense...

À cet instant, Hortense et Simon qui devisaient un peu plus loin s'approchèrent de nous, sans doute intrigués par le mystérieux inconnu, et entendirent la fin de la dernière phrase.

— Charlotte, vous ici ! s'exclama Hortense.

— Plus bas, ma bonne, plus bas ! protesta Charlotte en enfonçant le chapeau sur ses yeux.

— Pardonnez-moi mais j'ai eu si peur pour vous ! Les camisards luttent avec tant d'acharnement pour défendre leur foi... Il y a déjà eu tant de morts des deux côtés.

— Il est vrai... Moi-même, j'affirmais, il n'y a pas si longtemps encore, que jamais je ne renoncerais à la religion huguenote, qu'il fallait se battre pour la conserver... et puis...

Elle soupira, se passa une main sur les yeux comme si elle voulait effacer des visions abominables et poursuivit d'une voix atone :

— ... tout ce sang versé... tous ces crimes... ces femmes et ces enfants que l'on égorge au nom de Dieu aussi bien chez les catholiques que chez les huguenots... je ne veux plus être complice de ces horreurs.

— Mais alors, mon amie, de quel côté allez-vous vous ranger ?

— D'aucun côté... Dieu est unique. Il est le même pour tous, seule la façon de le prier diffère... et alors, quelle importance ! Ce qui compte n'est-il pas de conduire sa vie sagement en refusant de faire le mal et en répandant le bien autour de soi ?

Elle soupira à nouveau et ajouta :

— Si seulement notre roi pouvait s'en convaincre et laisser chacun vivre sa foi selon ses vœux... En attendant, je dois me cacher...

Sans doute intriguées par le groupe que nous formions, mes compagnes s'approchèrent et reconnurent Charlotte, ce qui donna lieu à un joyeux tumulte. La fervente catholique Isabeau étreignit Charlotte, Henriette lui donna une vigoureuse accolade. L'émotion fit couler quelques larmes, mais il y eut aussi de nombreux cris de joie et de surprise.

Et moi, je l'avoue, je savourais le bonheur d'avoir pu réunir la plupart de mes anciennes compagnes de Saint-Cyr.

Vraiment ce 17 avril était le plus beau jour de ma vie.

ANNE-MARIE DESPLAT-DUC

En un quart de siècle, Anne-Marie Desplat-Duc a publié une soixantaine de romans dont beaucoup ont été primés. Rien de surprenant quand on sait que sa passion est l'écriture et qu'elle y consacre tout son temps. Comme elle aime les enfants, c'est pour eux qu'elle écrit des histoires qui finissent bien. Vous pouvez toutes les découvrir sur son site Internet : http://a.desplatduc.free.fr

Du même auteur, chez Flammarion :

La série « Les Colombes du Roi-Soleil » :
T. 1 : *Les Comédiennes de Monsieur Racine*
T. 2 : *Le Secret de Louise*
T. 3 : *Charlotte la rebelle*
T. 4 : *La Promesse d'Hortense*
T. 5 : *Le Rêve d'Isabeau*
T. 6 : *Éléonore et l'alchimiste*

T. 7 : *Un corsaire nommé Henriette*
T. 8 : *Gertrude et le nouveau monde*
T. 9 : *Olympe Comédienne*
T. 10 : *Adélaïde et le Prince noir*
T. 11 : *Jeanne, parfumeur du Roi*
T. 12 : *Victoire et la princesse de Savoie*
T. 13 : *Gabrielle, demoiselle d'honneur*
T. 14 : *Retrouvailles à Versailles*
La BD des Colombes du Roi-Soleil T1, T2 et T3

La série « Duchesses rebelles » :
T. 1 : *L'Intrépide Cousine du roi*
T. 2 : *La Dangereuse Amie de la reine*

La série « Marie-Anne, fille du Roi » :
T. 1 : *Premier bal à Versailles*
T. 2 : *Un traître à Versailles*
T. 3 : *Le Secret de la lavandière*
T. 4 : *Une mystérieuse reine de Pologne*
T. 5 : *La Malédiction du diamant bleu*
T. 6 : *Le Fantôme de Chambord*

Dans la collection « Flammarion Jeunesse » :
Ton amie pour la vie
Un héros pas comme les autres
L'Enfance du Soleil
Les Lumières du théâtre : Corneille, Racine, Molière et les autres

Dans la collection « Castor Poche » :
Félix Têtedeveau
Une formule magicatastrophique

Vous pouvez également découvrir le site : http://www.lescolombesduroisoleil.com/

ALINE BUREAU

Aline Bureau est née à Orléans. Elle a étudié le graphisme à l'école Estienne puis la gravure aux Arts Décoratif à Paris. C'est dans l'illustration qu'elle s'est lancée en travaillant d'abord pour la presse et la publicité, puis pour l'édition jeunesse. Elle est l'illustratrice de la série *Les Colombes du Roi-Soleil* d'Anne-Marie Desplat-Duc.

Le secret de la lavandière

C'est l'hiver. Le Roi et sa cour s'installent à Saint-Germain. Marie-Anne y rencontre Rosine, une jeune Bretonne dont le frère est emprisonné pour avoir participé à la révolte des Bonnets rouges. Marie-Anne s'émeut de son sort et décide de tout mettre en œuvre pour sauver le beau jeune homme. Mais ne risque-t-elle pas de fâcher le Roi ? Pour Marie-Anne, la liberté vaut bien tous les sacrifices…

Imprimé à Barcelone par:

Dépôt légal : février 2017
N° d'édition : L.01EJEN001381.N001
Loi n° 49-956 du 16 juillet 1949
sur les publications destinées à la jeunesse